夏雨隽永

江南诗稿

吉夏雨 著

中国文史出版社
CHINA CULTURAL AND HISTORICAL PRESS

图书在版编目 (CIP) 数据

夏雨隽永：江南诗稿 / 吉夏雨著 . -- 北京：中国文史出版社，2024.8
ISBN 978-7-5205-4699-7

Ⅰ.①夏… Ⅱ.①吉… Ⅲ.①诗词—作品集—中国Ⅳ.① I22

中国国家版本馆 CIP 数据核字 (2024) 第 102821 号

责任编辑：卜伟欣

出版发行：**中国文史出版社**

网　　址：www.chinawenshi.net

社　　址：北京市海淀区西八里庄路 69 号院

邮　　编：100142

电　　话：010-81136606　81136602　81136603（发行部）

传　　真：010-81136655

印　　装：河北京平诚乾印刷有限公司

经　　销：全国新华书店

开　　本：780mm×1092mm　16 开

印　　张：19.5

字　　数：168 千字

版　　次：2025 年 1 月北京第 1 版

印　　次：2025 年 1 月第 1 次印刷

定　　价：58.00 元

开卷之词

莫说迟　休嗔痴

谈笑红尘事

花笺留言时

往日纷纷成落叶

却被秋色染成诗

序　言

　　本诗集是作者多年诗词作品之集成,不少已在各种媒体上发表过。作者遵循"唐宋八大家"之一的欧阳修先贤所提倡的写作风格:"我所谓文,必与道俱"——不论是咏物、述事等诗词,尽量避免单纯的表面泛泛而论,而是通过拟人、对偶、比喻等修辞手法,引申出更深层的内涵。

　　比如《开卷之词》这首诗,是以深邃的哲理和优美的意境,来吸引读者。通过对时间、红尘、往事和秋色的描绘,表达了作者对人生的独特感悟和对美好事物的追求。

　　诗集共分为三大部分:

　　1.格律诗,约 500 首,皆严格按照唐诗宋词的音韵格式要求来创作,平仄对仗工整(当然,偶有个别平仄不符合标准,则遵循"不以词害意"原则处理)。诗体主要是七绝、五绝及按词牌名填词。大部分是咏物、言志的内容。

　　比如《读史》这首五绝,通过对天空的想象、对阳光的赞美,进而站在上苍的角度,来览括和歌颂千古圣贤的精神气节。

　　2.自由诗,以抒情为主,有近百首,皆是现代诗词的写作手法。

　　比如《站得高些》,该诗通过描述站得高低所带来的不同视野,表达了作者对人生的独特见解。

"站得高些／就不会看到苍蝇们／把垃圾当千金／大献殷勤"，这里诗人用"苍蝇"和"垃圾"来象征那些低俗、琐碎的事物和人们。当我们的视野足够开阔时，这些微不足道的事物，就不会再占据我们的心胸。

"再站高些／把雄鹰也踏入云层"，诗人鼓励我们继续提升自我，超越平庸，即使像雄鹰这样强大和高傲的生物，也只是我们视野中的一部分。

"云层可能电闪雷鸣／世界也许政客纷纷……此刻，只在脚下微微起尘。"这里，诗人提醒我们，即使在高处，也可能会遇到困难和挑战，如"电闪雷鸣"和"政客纷纷"。但只要我们保持冷静和坚定，这些就会变得微不足道，最终"只在脚下微微起尘"。

3. 现代诗，有点像打油诗，不作平仄要求。以描写生活百态为主，共有百余首。

比如，《秋日银杏》这首诗，以银杏为媒介，通过鲜明的意象和生动的描绘，表达了诗人对于人生和成功的独特理解。诗人鼓励我们在人生道路上选择积极向上的态度，追求真正的成功和美好，同时不忘回馈社会、造福他人。整首诗意境深远，富有哲理性和启示性。

所有这些诗词，是诗人通过对宇宙万物、生活与人生百态等方方面面的思索感悟，再以诗词的优美表达，来礼赞人性的光辉、激发乐观精神与远大志向，让人们在面对人生的风雨时，更加坚定信心，积极向上。

目　录

格律诗 / 01

读 史 / 02

火 炬 / 02

朝霞似火 / 02

云 裳 / 03

天净沙·紫色花朵 / 03

回首当年相爱 / 03

垂 钓 / 04

年华似水 / 04

月映古潭 / 04

凌云松 / 05

述 怀 / 05

英雄也成空 / 05

逝水年华 / 06

禅 坐 / 06

海中小岛 / 06

水面之雾 / 07

出租屋 / 07

清贫当年 / 07

晨 / 08

初遇之美 / 08

女王画像下的擦地女工 / 08

曹操夜半拔剑起 / 09

三国古银杏 / 09

起床诗 / 10

雪压溪桥梅 / 10

老 梅 / 10

在雷声中读《水浒》 / 11

新 春 / 11

山水之间 / 11

理 想 / 12

梦到了鲲鹏 / 12

送给考生的一副对子 / 12

莲 花 / 13

题水葫芦花 / 14

大雪天 / 14

雪中行 / 15

门外堆雪人 / 15

星光虽微也能璀璨 / 15

荒山野庙 / 16

石下笋 / 16

迎 春 / 16

雨中天地	/ 17	上弦新月	/ 25
寒 舍	/ 17	浊世千年银杏	/ 25
行舟富春江十里画廊	/ 17	青海湖之夜	/ 26
祥 云	/ 18	举杯敬月	/ 26
爱之世界	/ 18	晨 跑	/ 27
晨 露	/ 18	光明照耀	/ 27
白玉兰	/ 19	一年之计	/ 27
白 梅	/ 19	名 利	/ 28
千 寻	/ 20	野 芳	/ 28
月夜失眠	/ 20	春 日	/ 28
光 阴	/ 20	春 风	/ 29
新年愿景	/ 21	在西风残日下读史, 细节不忍多看	/29
元 旦	/ 21	木 石	/ 29
暮 归	/ 21	湘 潭	/ 30
旅途随想	/ 22	咏 日	/ 30
严子陵钓台	/ 22	太 阳	/ 31
严子陵	/ 22	日月如逝	/ 31
思	/ 23	海边遐思	/ 31
墨 梅	/ 23	月光下的江湖之鱼	/ 32
冰 川	/ 23	咏丁香花蕾	/ 32
人在旅途	/ 24	财	/ 32
江 水	/ 24	春	/ 33
钱塘江落日	/ 24	茅 山	/ 33
人 生	/ 25	烂柯山	/ 34

佘 山 /34
寒 舍 /34
红 梅 /35
善 /35
登 高 /35
天妒英才 /36
秋日银杏 2 /36
追 寻 /36
醉 /37
黄昏之思 /37
新春赏白梅 /37
蝴 蝶 /38
忆春日山顶观人作画 /38
江南柳 /38
林黛玉 /39
贾宝玉 /39
警幻仙姑 /39
小 红 /40
晴 雯 /40
仙 姑 /40
晴雯之死 /41
惜春与妙玉 /41
薛宝钗 /41
失 意 /42

终南山行遇云雾 /42
月照人间沧桑 /42
夜 读 /43
暮色将至 /43
落日大街 /43
西风落日 /44
陨石坑 /44
登 临 /44
高原白云 /45
浣溪沙·辛苦 /45
灯 塔 /45
鱼 示 /46
女骑士 /46
春 晨 /46
天净沙·霍去病闪击匈奴 /47
玉兰花落 /47
梦 想 /47
退 隐 /48
大榕树 /48
伤 怀 /48
山寺晨雾 /49
车行天下 /49
骑行道中 /49
阳山水蜜桃 /50

杨 梅	/ 50	孤 读	/ 59
相亲路上	/ 50	赏梅佳人	/ 59
疫 情	/ 51	善捐与求缺	/ 60
巧 妇	/ 51	初中姐妹重逢忆旧	/ 60
至 暗	/ 51	有幸伴梅花	/ 60
寄 语	/ 52	当年的石拱桥	/ 61
字 画	/ 52	山巅习武、竹下围棋,	
灵 感	/ 52	隐士文武兼修	/ 61
梁祝小提琴曲	/ 53	花折小桥边	/ 61
夕阳如醉	/ 53	人世间	/ 62
天蓬之八戒	/ 53	人间霞光	/ 62
白梅初放	/ 54	佛前有所思	/ 62
焚书坑儒	/ 54	皇城冷宫深锁	/ 63
为李志华兄作藏头诗	/ 54	当年之误	/ 63
知 己	/ 55	晚 餐	/ 64
歌 魂	/ 55	垄上品咖啡谈天下	/ 64
诗书中华	/ 56	雁飞知己	/ 64
夏初晨曦	/ 56	人生如戏	/ 65
晔红姐印象	/ 56	再回首	/ 65
为晔红姐照片而题	/ 57	浣溪沙·凌霄花	/ 65
对姐之礼赞	/ 57	雪	/ 66
在东风里	/ 58	青山禅茶	/ 66
风雪不阻母子缘	/ 58	晨读在凌霄花边	/ 66
晨闻火车汽笛	/ 59	理 想	/ 67

隐 士	/ 67	错过的爱	/ 75
有月天上明	/ 67	思随桃花菜花开	/ 76
醉书	/ 68	取经路上的妖与孙悟空	/ 76
画 莲	/ 68	东篱秋思	/ 76
紫砂茶	/ 68	窗台秋思	/ 77
松	/ 69	月下思	/ 77
秋 笛	/ 69	三八线	/ 77
蘋 花	/ 70	水门桥	/ 78
阴霾天	/ 70	酒	/ 78
三十未嫁女养牛为宠物	/ 70	跑道灯	/ 78
蒜 衣	/ 71	怀亲友	/ 79
夕 阳	/ 71	灞桥折柳送别	/ 79
横断山	/ 71	初春野餐	/ 79
剑 花	/ 72	梅 菊	/ 80
剑 气	/ 72	忧郁的阴雨天	/ 80
云水之饮	/ 72	紫蓬山	/ 80
品 画	/ 73	元宇宙	/ 81
柳映叠石桥	/ 73	睡 觉	/ 81
【中吕】醉高歌·曹操	/ 73	蔷 薇	/ 81
【中吕】醉高歌·三国	/ 74	单 刀	/ 82
秋日晨读	/ 74	垂 钓	/ 82
秋风秋雨也妒才	/ 74	乌云暴雨下的滚地龙	/ 82
江南春·期货	/ 75	春雨中的开学季	/ 83
【仙吕】翠裙腰·真心	/ 75		

西风沙尘暴为害,		立夏菜园	/91
仰天长啸，怒斥之	/83	骑 行	/91
湘家荡	/83	故土外的游子	/91
德清县	/84	童 年	/92
凌霄花	/84	每日喝一点白酒活血化瘀	/92
古道驿站	/84	游 子	/92
梦 想	/85	秋瑾就义	/93
红色娘子军	/85	春风化雨	/93
不老药	/85	晚 归	/93
凌 霄	/86	神箭神舟	/94
樱花飘零	/86	故地重游	/94
敢	/86	最是辛苦种田人	/94
名 利	/87	岁月如驰	/95
境·油菜花海	/87	吻	/95
读崔护《题都城南庄》诗	/87	壮志凌云	/95
江 湖	/88	规划欲骑行"318"川藏线	/96
咏 雪	/88	欲走高原品读天下	/96
春天里	/88	丹江口水库	/96
叛 逆	/89	过武当山	/97
春游遇遛狗	/89	十堰三合汤	/97
原子城	/89	快车行千里，但更觉岁月如飞	/98
自 嘲	/90	"雨城"雅安	/98
出 嫁	/90	在成都杜甫草堂想到	/99
山居晨醒看手表	/90	泸定铁索桥	/99

奔驰在崇山峻岭	/ 99	放 空	/ 110
过东达山	/ 100	情窦初开	/ 110
怒江七十二拐	/ 100	台风来时	/ 110
雨战七十二拐	/ 101	天净沙·江南晚霞	/ 111
然乌湖	/ 102	晨 曦	/ 111
"318"川藏线·千里走单骑	/ 102	中国空间站启示	/ 111
独行侠	/ 103	西江月·追光	/ 112
林拉高速	/ 103	睁眼醒	/ 112
春雨水滴	/ 104	睁眼醒（另一种押韵式）	/ 113
迷 雾	/ 104	读毛主席《清平乐·六盘山》	/ 113
天净沙·二哥之孝	/ 105	池上晚霞	/ 113
西江月·有姐如此光辉	/ 105	秋思银杏树下	/ 114
才与财	/ 106	天上人间	/ 114
如梦令·那时乡村晚饭	/ 106	人间风雨	/ 114
秋 笛	/ 106	现实与虚拟	/ 115
史湘云醉卧芍药丛	/ 107	地 铁	/ 115
秋日硕果	/ 107	日月孤勇	/ 115
独木桥边的冲天大银杏	/ 107	天净沙·外婆	/ 116
喝令日月	/ 108	大雪天2	/ 116
春雨水滴2	/ 108	日月孤勇	/ 116
江湖间的天籁	/ 108	过滕王阁	/ 117
暮色军训	/ 109	天上之餐	/ 117
诗 客	/ 109	被鲜花簇拥的林拉高速	/ 117
夜观天象	/ 109	山溪桥边柳	/ 118

杀 猪	/ 118	梦登终南山	/ 128
律师灯下读案卷常至深夜	/ 118	大旱斥责龙王	/ 128
投资改变命运	/ 119	时光败英雄	/ 129
桃花潭边	/ 119	西方垂象	/ 129
再回首	/ 119	西方的萝莉岛事件 1	/ 129
许愿流星	/ 120	西方的萝莉岛事件 2	/ 130
春 色	/ 120	舟中观苍山月	/ 130
暗 恋	/ 120	明月夜	/ 131
木假山	/ 121	夜读佛经	/ 131
地 震	/ 121	月	/ 131
天净沙·关山月色	/ 121	冬天开车追着晚霞去远方	/ 132
纸	/ 122	古潭映月	/ 132
林间青松	/ 122	神仙生活	/ 132
有感华为、大疆怒怼西方	/ 122	采因果	/ 133
梦 碎	/ 123	三打白骨精	/ 133
孝 婿	/ 123	那年初见正少年	/ 133
朱泖河畔远观太阳岛及泖塔	/ 124	匆匆老去	/ 134
史观华夏	/ 124	明月夜 2	/ 134
看中欧班列昼夜运行	/ 124	侠女何子友	/ 134
有才不在年高	/ 125	新春看天柱峰上，孤石冲天，豪气	
龄 官	/ 125	顿生	/ 135
再回首	/ 126	伤 春	/ 135
香菱学诗	/ 127	浣溪沙·蒸汽机车	/ 135
长痛与短痛	/ 127	马 灯	/ 136

拂晓前思	/ 136	悟空的花果山	/ 144
初春之思	/ 136	跨越山海的骑行	/ 144
童 年	/ 137	无 语	/ 145
白玉兰	/ 137	请奋起	/ 145
三朵黄花	/ 137	天府之国	/ 145
惜 春	/ 138	月宫挨着天宫空间站	/ 146
旅途日暮怀友	/ 138	淡泊在春花秋月	/ 146
房价高挂	/ 138	夜 读	/ 146
梦 想	/ 139	品 画	/ 147
空 难	/ 139	张 骞	/ 147
鼋头渚花海	/ 139	乘势而上	/ 147
长春桥边俏女妆	/ 140	刀刃与刀背	/ 148
樱与刀	/ 140	弟弟忧心大龄姐姐难嫁	/ 148
晚 笛	/ 140	无 题	/ 148
上海高房价	/ 141	远方的荷塘	/ 149
墓园菜花香	/ 141	月明江湖	/ 149
世 相	/ 141	"九一八"	/ 149
豆芽与豆腐	/ 142	匆 匆	/ 150
浣溪沙·醉酒桃花	/ 142	雪中梅	/ 150
照相机	/ 142	胡 杨	/ 150
端午来时看中流砥柱石	/ 143	灯 塔	/ 151
无 题	/ 143	量子纠缠	/ 152
读《红楼梦》	/ 143	从宇宙大爆炸想到	/ 152
问 天	/ 144	晚霞中的江边柳色	/ 152

霞光中	/ 153	江 南	/ 161
江 湖	/ 153	水杉叶落	/ 161
日月之下	/ 154	《水 浒》	/ 162
英雄何在	/ 154	挂 钟	/ 162
秋日游	/ 154	人在秋途	/ 162
郭兄茶	/ 155	醉高歌·期货	/ 163
【中吕】醉高歌·渔樵问答	/ 155	西江月·期货	/ 163
晚霞中	/ 155	咏黄巢	/ 164
参 禅	/ 156	蜡 梅	/ 164
天地之恋中的牛郎	/ 156	天净沙·人生	/ 164
打铁成剑	/ 156	水	/ 165
猪八戒	/ 157	煤 渣	/ 165
天宫空间站	/ 157	江 南	/ 165
梦中期货行情	/ 157	帆	/ 166
忆	/ 158	瀑 布	/ 166
落叶梧桐林	/ 158	突 破	/ 166
【越调·凭阑人】·清闲	/ 158	屈 原	/ 167
狭 缝	/ 159	冬雪醉山间道观，旁有残菊枝头 / 167	
浣溪沙·战疫	/ 159		
佘山射电望远镜	/ 159	闲愁最苦	/ 167
月下梅花	/ 160	狗拉雪橇	/ 168
为爱入世	/ 160	初春小景	/ 168
甲 子	/ 160	月夜失眠	/ 168
藤	/ 161	人生篇章	/ 169

山 梅 / 169

春 梅 / 169

除 夕 / 170

旧衣重穿 / 170

骑 行 / 170

夜 读 / 171

春 归 / 171

品丰子恺《小时候》漫画 / 171

听 琴 / 172

相 思 / 172

浣溪沙·海边夕阳 / 172

黎 明 / 173

朝 霞 / 173

轮 渡 / 173

油菜花 / 174

轮 回 / 174

深 秋 / 175

叹 / 175

流浪汉 / 175

秋 / 176

宜 兴（藏头诗） / 176

和桥镇 / 177

浣溪沙·童年 / 178

废墟上的鲜花 / 178

观驴友寒冬浪迹天涯视频有感 / 179

翘首青藏 / 179

如梦令·冬奥会 / 180

中国女足 / 180

清 明 / 180

舟山群岛 / 181

祭 拜 / 181

富翅岛 / 181

伤 逝 / 182

无花果 / 182

诗稿初成 / 182

自由诗 / 183

站得高些 / 184

浓 雾 / 184

黑 夜 / 185

白 云 / 185

浪 花 / 186

傍晚的思绪 / 187

蚊 子 / 188

成 功 / 188

骑士在天涯 / 189

随 想	/ 189	晚 霞	/ 207
佳人照片	/ 191	路	/ 208
飞 翔	/ 192	旧 居	/ 209
思 恋	/ 192	山 行	/ 210
脸 皮	/ 193	星 光	/ 211
恋 歌	/ 194	致 UFO	/ 212
大鸳鸯	/ 194	窗台秋思	/ 213
千年紫藤	/ 195	梦 想	/ 214
英 雄	/ 196	重戴红领巾	/ 215
秋 晨	/ 196	暴 雨	/ 216
煤 层	/ 197	上海封城之时	/ 217
巡 航	/ 197	痛下决心	/ 217
暴雨欲来	/ 198	大 江	/ 218
秋 雨	/ 198	风 中	/ 219
圣 雪	/ 199	小 号	/ 219
笑 靥	/ 199	青春忏悔	/ 220
呐 喊	/ 200	不要说不行	/ 222
散 步	/ 201	似水流年	/ 222
朝 霞	/ 202	荒原·破屋	/ 223
梦中灵感	/ 203	食草动物	/ 224
再回首	/ 203	少年的伟大计划	/ 225
老顽童	/ 204	有所思	/ 225
晨 跑	/ 205	雨天梦	/ 226
西望长天	/ 206	水 雷	/ 226

丈母娘　　　　　　　　/ 227
房子和婚姻　　　　　　/ 228
烤 鹅　　　　　　　　/ 229
萤火虫　　　　　　　　/ 230
日 子　　　　　　　　/ 231
如花少年　　　　　　　/ 232
宿营随想　　　　　　　/ 233
流 浪　　　　　　　　/ 234
平 庸　　　　　　　　/ 235
夏令营　　　　　　　　/ 236
滴水湖之雾　　　　　　/ 237
中年失意去垂钓　　　　/ 238
生 活　　　　　　　　/ 239
A 计划　　　　　　　　/ 240
万泉河畔　　　　　　　/ 241
梦　　　　　　　　　　/ 242
金银·历史　　　　　　/ 243
人 生　　　　　　　　/ 244
元宇宙　　　　　　　　/ 246
平 庸　　　　　　　　/ 247
三 生　　　　　　　　/ 248
偶 感　　　　　　　　/ 249
期 货　　　　　　　　/ 250
自 由　　　　　　　　/ 251

蹉 跎　　　　　　　　/ 252
没有不可能　　　　　　/ 253
制 裁　　　　　　　　/ 255
寻 找　　　　　　　　/ 256
新冠大暴发　　　　　　/ 257
陌上荒坟　　　　　　　/ 258

现代诗　　　　　　/ 259
秋日银杏　　　　　　　/ 260
横道线　　　　　　　　/ 260
床　　　　　　　　　　/ 260
心 梅　　　　　　　　/ 261
玉 梅　　　　　　　　/ 261
舌 头　　　　　　　　/ 261
曾经的爱　　　　　　　/ 262
油菜花（古体）　　　　/ 262
境·油菜花海　　　　　/ 263
春　　　　　　　　　　/ 263
人 生　　　　　　　　/ 263
量子与灵魂　　　　　　/ 264
闻 笛　　　　　　　　/ 264
品 画　　　　　　　　/ 264

富春山居图	/ 265	男 足	/ 274
湘乡课堂	/ 265	忆王孙·惊觉	/ 274
生辰星	/ 266	忆王孙·中国冰上健儿队	/ 275
忆 2021 年春		山坡羊·孙权故里	/ 275
湖南湘乡助学摩旅	/ 266	浣溪沙·离别	/ 276
上甘岭	/ 267	春到秀江山	/ 276
疫 情	/ 267	南乡子·张大千	/ 277
钟表店	/ 268	浣溪沙·观舞	/ 278
淡 泊	/ 268	帝王之寿	/ 278
兴 亡	/ 268	人 生	/ 279
忍 耐	/ 269	赞 CB1100 机车	/ 279
不甘之心	/ 269	大手笔	/ 279
回 忆	/ 270	人间三月	/ 280
上甘岭	/ 270	踏莎行·生石灰	/ 280
长津湖	/ 271	传 世	/ 281
端午看屈原	/ 271	淀山湖边暮春	/ 281
雪中松	/ 271	回 忆	/ 282
观隐士山水图	/ 272	落日沉思	/ 282
当 初	/ 272	戏题掌中小西瓜	/ 282
感 怀	/ 272	游 子	/ 283
夜 雪	/ 273	长沙商务谈判	/ 283
石渠县	/ 273	棠棣之饮	/ 283
中国足球	/ 273	山姆店	/ 284

化屋村	/ 284	南乡子·秋逢	/ 286
鱼木寨	/ 285	香菱与夏金桂	/ 286
极限运动	/ 285	谈判桌	/ 287

格律诗

（该范围内之诗，皆符合平仄韵律要求，仅有个别字例外，盖因"不以词害意"之为也。）

读 史

应谢日光明，
天空永不倾。
丹青诸子册，
浩气越输赢。

火 炬

在握光芒汇聚，
高高鹊起身躯。
人生就该如此，
燃情照亮空虚。

朝霞似火

似水光阴煮未开，
慧根拿去作添柴。
天边更借朝霞火，
好运人生滚沸嗨。

云 裳

相思女子做衣裙，

扯下天边数尺云。

正是朝霞明媚处，

春来久久被花熏。

古往今来，紫色是诸色之雅、之尊者。

天净沙·紫色花朵

曾经紫气东来，

那时吾未花开；

此刻悠然宛在，

贵颜精彩，

日光求吻亲挨。

回首当年相爱

如花往事可堪寻，

岁月掏空有志身。

佛在西天灵鹫顶，

哪知东土爱河深。

常见有人在江湖上垂钓，有时会想起姜太公。

垂 钓

只为闲情不入流，

太公白发钓春秋。

江湖风雨明眸鉴，

身有贪求世有钩。

岁末，忆当年携侣游姑苏旧事。

年华似水

时光恰似夜明珠，

遗落颗颗在来途。

红袖清波曾伴我，

当年柳色映姑苏。

月映古潭

留得静水纯，

装下慧思深。

一念天堂近，

摘来皓月魂。

山中有高大之松树，翠盖凌云，树身犹存雷劈之痕。

凌云松

凌云只为避俗求，

雷斧焉能阻春秋。

枝木情栖鹰鹤志，

高风自在亮歌喉。

述 怀

时间轴上抢长矛，

为取平生理念高。

百战千回尽折戟，

空余意气化胥涛。

英雄也成空

自古光阴不卖，

千秋几许悲哀。

应怜世间贤俊，

终为岁月掩埋。

逝水年华

吾辈如乘日月筏，

千礁过尽浪犹压。

水花飞处出虹彩，

不让光阴碎作渣。

禅 坐

如虫寂寞欲倾巢，

泪水因情已没腰。

且用焚香高贵手，

一一掐灭众烦嚣。

海中小岛

静漾波涛似小舟，

根生何惧处急流。

任他水势滔天大，

我自禅深已不求。

水面之雾

直把波峰作枕头，

千涛息处灭千忧。

空蒙之体如禅静，

浪涌方生万古愁。

出租屋

暂随肉体寄红尘，

苦辣甜酸幻作真。

寒舍挡得风雨荡，

何需画栋饰浮生。

小时候，家贫住陋巷，能吃上一碗小馄饨，已是莫大的满足。

清贫当年

陋巷曾经住我身，

云吞虽小久缠魂。

夜深贼至凄凉叹，

风却偷走正青春。

晨

晨曦大义旗，

日月护天机。

浩荡东风里，

朝霞为我披。

看了一个视频：在初中课堂上，少男少女竞相写文章，夸赞青春之美。

初遇之美

无情岁月有情劫，

荒漠人生满大街。

此刻相逢君正美，

从今决意作人杰。

女王画像下的擦地女工

一般受孕幻成人，

彼在宫廷尔在蹲。

日月齐天当照耀，

普天之下有微尘。

据《三国演义》小说所载：曹操疑心重，担心有人趁他熟睡时行刺，便故意导演了"梦中拔剑杀侍从"的闹剧——但此事于史无考，明显是作者抹黑曹公之笔。

曹操夜半拔剑起

半世人生睡梦中，

一床薄被盖英雄。

孟德纵使曾杀戮，

宝剑难敌岁月锋。

有棵古银杏树，位于江苏省昆山市，树龄约 1700 年，是江苏省的树王。据说是三国时吴主孙权的母亲所栽。树旁有溪流及香花小桥。

三国古银杏

1

枝老叶尚骄，

风云过小桥。

三分天下处，

唯剩杏妖娆。

2

黄金作叶贵千秋，

大木龙盘会仲谋。

虎踞江南惯风雨，

可怜风雨没吴侯。

起床诗

无忧也起床，
日月要吾帮。
天地留佳句，
人间未错忙。

在《三国演义》中，诸葛亮的岳父黄承彦，写了一首霸气的喻义天下大乱的咏梅诗，末尾二句是"骑驴过小桥，独叹梅花瘦"。吾虽无驴，也喜赏梅。

雪压溪桥梅

无驴可跨过溪桥，
贪看梅花几尺娇。
颜似前村素佳丽，
顿觉风雪犯天条。

老 梅

谁道长歪或变妖，
斜梅老去镇溪桥。
守恒不许寒冬过，
冰雪徒然衬花娇。

阴天，闲读《水浒传》，正看到"浔阳楼宋江吟反诗"回目，天空忽然雷声大作。

在雷声中读《水浒》

天运轰雷我运筹，
苍茫尽是好神州。
由来权贵分天下，
杯酒可曾给俺留？

龙年新春，愿飞龙在天。

新　春

飞来喜鹊叫春天，
幸运门前写对联。
往日财情水清浅，
从今龙瑞振出渊。

山水之间

月下泛扁舟，
江湖隐一流。
名山多庙观，
道义在高丘。

理　想

理想风帆带少年，
扶摇直上泰山巅。
借他险岭一抔土，
筑我心中更高天。

梦到了鲲鹏

梦中得遇此英雄，
起意同飞揽碧空。
天下难题皆算过，
只留风月不解中。

送给考生的一副对子

跃出五湖，誓做天涯龙马
意在四海，不争咫尺繁华

偶然看到这样一句有情怀的话："在世如莲，素心静雅；不污不垢，淡看浮华"———临时起意想去看莲花……通往荷花塘的路两边，开满了各种野花。

莲 花

1

红花绽处紫花开，

百卉千娇近路排。

独有莲姿清水立，

不因求赞傍尘埃。

2

黑厚焉能盖水华，

脏泥枉自垒千渣。

旧塘终露新荷角，

不做人间点缀花。

3

哪吒骨架聚莲魂，

托住如来不坏身。

清叶莫惜成片展，

为求遮挡净红尘。

4

夏日花开不为夸，

秋天叶落无须哗。

莲心本似菩提隐，

何用清流再洗刷。

　　第一次看到卑微的水葫芦也会开花，还是优雅的淡紫色。这真是
"野百合也有春天"的场景啊。

题水葫芦花

朝与孤鹭在汀州，

暮到江流日尽头。

身世九分随去浪，

一丝优雅不甘丢。

　　大雪天，在喝酒的地方却喝茶，可谓清醒乎？

大雪天

上苍起念冻天涯，

厚雪层层禁百花。

醉酒可抛天下事，

当垆却饮岁寒茶。

雪中行

天下何时会大同？

人生路口问西东。

江山积雪终成玉，

长愿心中有彩虹。

门外堆雪人

昨夜仙云或下凡，

今朝土院玉成山。

守门雪汉无心肺，

烦恼纷纷不过关。

闲望夜空茫茫，星光不因微弱而放弃。

星光虽微也能璀璨

昼夜乾坤色彩殊，

黑白轮换把天涂。

身无可选禅来定，

星处黑空未必输。

荒山野庙

扮佛黄土裹袈裟，
悟道荒山沐晚霞。
神庙人间也兴废，
肉身遑论久宁佳。

石下笋

冒尖一再被人锄，
势大如磐镇欲出。
假使无屈志难立，
雪欺成就岁寒竹。

迎 春

栽得小院几芳枝，
不怕荣华反复迟。
自信东风难舍我，
春来陋室必留诗。

雨中天地

魑魅蛇神作土扬，

碧空刷洗费琼浆。

同框天地清算盘，

雨大如珠算力强。

寒　舍

舍陋种梅花，

窗前挂月牙。

夕阳屋后落，

日月到吾家。

行舟富春江十里画廊

雨洗扁舟到碧流，

风轻似爱用缠柔。

春江再入桃源境，

花已含羞我欲留。

祥　云

祥云善意引霞飞，

彩绘铺天更为谁。

许是天涯存所念，

不惜破费爱之垂。

爱之世界

吾扮蓝天尔作羊，

白云变雨下琼浆。

润得山岗青青草，

饱我绵乖不断粮。

晨　露

1

野芳细草委于尘，

为报春光献此身。

朝露总为晶沁色，

不甘失落秽天真。

2

清新早起拂君怀，
草露晨珠次第排。
自有天真来世俗，
双眉不再锁难开。

　　白玉兰是上海市花，上海的姑娘爱在胸前佩戴一朵白玉兰，以清香染衣。

白玉兰

棉白绢素未染时，
如玉花开淡雅枝。
巧采清香别绣领，
率皆未嫁秀贞姿。

白　梅

身兮未嫁玉无瑕，
酷雪严霜冻万家。
一样花开欺凛冽，
桃杏只配伴桑麻。

千寻

天眼看红尘，
应怜渴望身。
千寻多幻境，
但愿此番真。

月夜失眠

不寐之睛聚夜端，
天涯有爱起连环。
相思如债君多欠，
皎月轻催要我还。

光　阴

光阴如水担勤挑，
藏在金屋玉作瓢。
金玉焉能留所请，
不如畅饮做英豪。

新年愿景

泼天富贵映朝霞，

匝地红梅绕万家。

往日不曾求大愿，

今朝纵目望天涯。

元 旦

元旦应读醒悟篇，

好将明目望春天。

朝晖洒下而今愿，

许我重回作少年。

暮 归

平生仗义为君痴，

豪气曾经越雷池。

天地谁怜忠义老，

霜菊何惧撑天欺。

忆去年秋日，差旅经过苏北"万顷粮田"景观农田而作。

旅途随想

千里风尘为碎银，

耕田万顷稻如金。

若无春日行云雨，

世上何来赶路人。

每当听到贪官被查之新闻，会忍不住联想到历代有为士大夫之节操。严子陵虽是布衣归隐，但其高风玉树，也可称为渔樵中的士大夫。后世有"汉室九鼎，桐江一丝"之誉。

严子陵钓台

云水清刷玉树枝，

汉家九鼎未洗时。

凛然风骨渔樵士，

天下节操系钓丝。

严子陵

不召之臣率性真，

腿压帝腹未觉沉。

君王有为国才少，

高士何须隐太深。

思

慧剑舞翩跹，
花开未等闲。
苍茫华夏地，
更待有新篇。

墨 梅

不在荒郊岭外斜，
今时随墨入书家。
芬芳意淡清姿朵，
素抹别生美风华。

冰 川

渺渺晶莹冻万层，
千秋雪落已无声。
几度梅绽山间雪，
多少诗情尽被封。

人在旅途

倦羽念昔巢，

惊鳞起恶涛。

江湖多险路，

啸傲咏《离骚》。

江　水

水清载过万千舟，

不负承托亦不求。

每到湾泊献风景，

故乡明月映中流。

开车出游，时或贴地而飞……一路江湖留诗行。

钱塘江落日

万里遭谪作落阳，

一身正气也沉江。

东坡居易西湖贬，

春晓苏白二堰芳。

人　生

人心正似碗，

每日放清欢。

伤感非吾菜，

一生用好餐。

上弦新月

日月如轮滚向前，

光阴昼夜不辞颠。

今宵暂驻清思静，

新月原来等续弦。

浊世千年银杏

叶送枝迎已忘年，

躯干撑在泥云间。

秋风让我成金叶，

送往迎来总要钱。

青海湖之夜

湖海桑田几度闲，
淡泊处世已如仙。
仰观河汉深空叹，
只数星辰不数钱。

举杯敬月

1

逝水滔滔未肯休，
浑浑岁月满扁舟。
高高杯敬低低祷，
莫让年华付水流。

2

举杯敬月月无言，
令我清辉影自蔫。
惭愧从前多懈怠，
至今天地未开颜。

晨 跑

岁月如歌谁在唱？
晨风起跑嗓铿锵。
朝阳夺我凡夫目，
且与崇高共上场。

光明照耀

灯烛火炬两昆兄，
照耀光芒不尽同。
黑夜不该来此世，
光明破暗剑如虹。

一年之计

今春应不凡，
朝霞作征帆。
胸阔强弓挽，
飞箭必破关。

名　利

一旦生心作妄求，
三观如坝溃难收。
五湖倒灌仍微满，
欲壑无底祸做兜。

野　芳

那年春色忘回家，
桃柳迷途在水涯。
月老不知何处去，
野芳寂寞自开花。

春　日

春雨淋他好色花，
东风欲抱柳枝斜。
幸得天地行云雨，
世上方生百万家。

春 风

江北江南柳色迎，

春风如醉数杯倾。

轻牵衣袖柔拂发，

如劝如留不舍情。

在西风①残日下读史，细节不忍多看

人间照耀几多回，

少女风陪暮日归。

郎在余晖抛史卷，

三观尽碎每相违。

注：西风又称少女风。

去庙里礼佛，见有石雕和榆木刻的佛像。

木 石

1

去掉多余去打磨，

顽石也可炼成佛。

简极自古生心慧，

世上凡夫用尽多。

2

谁愿平庸草木身，
风吹雨打任浮沉。
木榆若要成佛拜，
不惧刀锋刻至深。

很欣赏岳麓书院门前的对联："惟楚有才，于斯为盛"，遥向湖湘的朋友致敬。

湘 潭

星宿因何去下凡？
湘潭何以续清欢。
谁言只有溪山好，
天下心胸在楚南。

咏 日

东升西落为神州，
置顶格局碎万谋。
或有浮云横竖挡，
无非宵小不堪流。

太 阳

高挂非只照异葩，
尽倾光热与年华。
凡花或许该精进，
何必常结看客瓜。

日月如逝

飞奔日月未下鞍，
路过吾家也不餐。
逝水河边难坐等，
不如即刻去扬帆。

海边遐思

海天明月照纤毫，
坦荡襟怀笑看涛。
吾欲高挥云彩笔，
也添山海几分娇。

月光下的江湖之鱼

天边行月我观光，

犹在波涛浪里忙。

愿信鲲鹏鱼所化，

千般努力为翱翔。

漫步见含苞未放之白色丁香花蕾，如珠似玉密集枝头……又见麻雀飞来，叽叽喳喳叫个不停，可丁香花却未发一言。

咏丁香花蕾

花开有意人，

不与杠精争。

我自怀珠玉，

随他起雾尘。

财

上清童子不缺钱，

白水真人莫唤仙。

阿堵邓通名自大，

相逢浊世味熏天。

春

1

莺飞在野我在闲，
几处花开草近仙。
春色七分归草木，
人间只顾累铜钱。

2

江南柳细弄春柔，
君有闲愁暂不收。
邂逅鲜花请一笑，
白头未至莫悲秋。

茅 山

岁月漂泊到此留，
数峰晴美夜还幽。
三茅福地真君在，
道法千般护九州。

烂柯山

春花秋月烂柯收，
浊世桃红染欲眸。
到此应思谁不朽？
风流数尽只余愁。

佘　山

文蕴千年厚重丘，
岭高百米也封侯。
繁华流欲魔都市，
只欠峰峦不欠愁。

寒　舍

手拿诗稿品禅茶，
陋舍寒酸也映霞。
旧日荣枯流水远，
往生风雨似浇花。

红 梅

霜冰祭冻磋，

寒雪起杀伐。

惨淡江天色，

红燃数朵花。

善

慈来善起不惜钱，

恻隐心生义薄天。

岁月不能夺所美，

九天为之赋曦颜。

登 高

野岭花开净土尘，

白云引我到幽深。

不觉一路登高第，

却非功名欲取人。

史载，一些唐朝大诗人皆英年早逝：王勃亡于海难，李贺因病去世……皆不满三十岁，惜哉。

天妒英才

海浪汹汹毁栋梁，

病魔捆走大才郎。

光阴吝啬欺贤俊，

忌妒天公捧醋缸。

秋日银杏 2

秋树金装不慕财，

漫天愁雾被推开。

黄金轻作飘零叶，

厚义情超满腹才。

喜欢骑着机车，去追逐霞光；无论是被早霞照耀，还是被晚霞抚摩，都让我觉得是被天地眷顾着……所以不能辜负了！

追 寻

襟怀骑士豁达身，

不顾风霜哪顾尘。

谁画彩霞天际挂，

纯真总让我追寻。

醉

醉在江湖无对错，
浮云浪蕊身边过。
糊涂巧算更谁难，
呆傻装来皆是躲。

黄昏之思

大义存心小事疏，
精明狐辈算乘除。
落霞正画江天秀，
黑夜游来作玷污。

新春赏白梅

新春霞彩净天开，
不用寻常色表白。
花下梅边如静念，
雅香也会入庸怀。

生命之花开到最后，应该是美好的。

蝴 蝶

优雅谁及蝴蝶翅，

春天在此我在痴。

轻扇已觉春心动，

双双飞过连理枝。

忆春日山顶观人作画

惊艳风光绝岭崖，

晨风开卷趁朝霞。

莺时花序原无我，

妙笔添来灿烂颊。

江南柳

依依春色笼烟桥，

弱柳情思嫩爱梢。

莫惹隋唐堤上柳，

不知离恨有多条。

林黛玉

潇湘竹瘦暮生寒，
情到空时泪始干。
境界化身成丽质，
五浊岂会令侬安。

贾宝玉

不负红颜待我来，
尽倾所爱为情怀。
漫言公子秦时月，
遍照佳人粉泪腮。

警幻仙姑

峰名青埂假当真，
幻境太虚总惑人。
仙姐即知人世苦，
为何推美入红尘？

有人说，小红是《红楼梦》中志向最高远的丫头。

小 红

慧心不惧在笼中，
凤姐曾夸伶俐容。
凡鸟也展丹凤翅，
方知幼鹤处鸡丛。

晴 雯

小姐丫鬟错配身，
娇撕纸扇笑天昏。
女红巧补裘金贵，
俏语黄莺乳燕纯。

读《红楼梦》至警幻仙姑处，看她撮合宝玉与可卿之情，若有所思。

仙 姑

神姑也点洞房烛，
寂寞无心被照出。
仙道光阴空荡荡，
何如下界历荣枯。

晴雯之死

内衣相赠景非常，
少女风吹散玉香。
泥塑宝哥空挂念，
芙蓉水做去潇湘。

惜春与妙玉

休将风月作寻常，
五味杂陈胜清汤。
懵懂惜春依古寺，
可怜妙玉卸红妆。

薛宝钗

扑蝶入画秀春风，
胜雪凝脂巧女红。
入世才情俗美眷，
可叹金玉配成庸。

失 意

入世原当百味尝，

何须仙网罩离伤。

浮云流水高唐散，

应笑痴心又败场。

终南山行遇云雾

道弃长安画柳桥，

终南才入雾埋腰。

漫言山树拙兼哑，

风暴侵林吼莽涛。

月照人间沧桑

大事微情忘却深，

诸多繁复没红尘。

月升不顾深黑阻，

夜夜长空作史灯。

夜　读

书自安详蜡炬光，

熬将长夜炼成糖。

层层片瓦挡屋漏，

历历般若智补囊。

深山古道旁，竹篱茅舍，天色已晚，关窗点蜡烛。

暮色将至

室外弥天至暗浓，

关窗难阻夜来汹。

我心自有明灯蜡，

点火划燃半夜空。

落日大街

落日描它最贵景，

光芒万丈垒黄金。

衢街欲静沉思美，

黑夜狰狞顿起心。

西风落日

灵魂之上落夕阳，
空向皮囊洒金汤。
不坏之身何处觅，
却来心海扯帆扬。

陨石坑

祸从天降几曾饶，
大气层高硬过招。
云色如藏掩大荒，
被坑之地洞深薅。

登　临

无限江山有限词，
千秋谁写万年诗？
志如未展芭蕉秆，
每遇登临作杖持。

高原白云

似纱似棉浣长空，

如画如诗映彩虹。

一旦吹朝人世去，

黑云暴雨摆乌龙。

当世事变得艰难时，不免抱怨之声，躺平之人……想起了越王勾践。

浣溪沙·辛苦

笋未化竹被土污，

蝶从蛹变痛换肤，

黄河九曲始知途。

问世间谁无隐痛，

唠叨成市井凡夫，

卧薪尝汉史丹书。

灯 塔

夜雨凄风度百年，

风曾狂恶雨曾颠。

暗黑欺我孤独立，

我为迷茫指洞天。

鱼 示

春困冬乏过等闲，
江湖浪里混鱼潜。
渡头昨日垂丝钓，
生死贪廉转念间。

女骑士

江湖久被铁男围，
娇女倏忽飒马飞。
粉汗留香天下路，
红颜逐笑彩云辉。

春 晨

百鸟随心闹渚洲，
黄莺乳燕舞姿优。
朝霞快闪流华尽，
误却拿云好汉手。

天净沙·霍去病闪击匈奴

流星扫过黑空，

少年弓马飞虹，

似虎千骑奋勇。

万千狄灭，

看龙庭碎西东。

小小清雅的池塘边，早春的白玉兰花谢了。

玉兰花落

曾秀人间素浅池，

贞洁每在最高枝。

飘零当作晶莹碎，

春雨凄凄为我痴。

梦　想

我梦当由我主张，

何须天地盖公章。

懒怠似病从今治，

绝望如敌要彼降。

退 隐

岁近年关暮色斜，
人生路上味多杂。
布衣自有霞光染，
茅舍星空璀璨家。

大榕树

不求儿辈自求身，
一把胡须再度耕。
独木成林今已现，
休言岁月不饶人。

伤 怀

独寻秀色过溪桥，
每有春心无处娇。
相遇已知非浅陋，
落花试问为谁消。

山寺晨雾

晨钟暮鼓困心龙，
林下消磨几俊雄。
浓雾尽藏人世错，
白云偷却最高峰。

车行天下

浓墨从来撰巨章，
天涯莫用尺来量。
已铺沃野无边纸，
如笔车轮写意扬。

骑行道中

骑士翩翩悟道行，
迎曦飞驶羽身轻。
山岚怡目云升看，
风入松涛正堪听。

阳山水蜜桃

世有夭桃和露栽，
阳山不负万千材。
浅尝果味流涎醉，
深吻红颜水蜜来。

杨 梅

红紫珠圆绿上装，
酸甜犹似恋初尝。
枝头佳果如佳丽，
错过攀折悔且伤。

闻世间，媒人介绍多不成；相亲路上，枉踏红尘。

相亲路上

心怀大海才，
久煮未曾开。
举火时时有，
惜哉燃废柴。

疫 情

银汉横来耀眼眸，
中华运到势难收。
新冠终是卑微物，
岂敢长封大众楼。

上海封城之下，各家巧妇加入各种团购，抢买食材，把小日子也
过得很红火。

巧 妇

碧玉谁家整佩环，
商柴计米续清欢。
街灯凄冷橱窗亮，
蛋乳蔬食各找团。

至 暗

衣冠曾作兽禽求，
至暗如蝎倒放钩。
非有佛仙光焰在，
断崖恶蕾绽无休。

寄 语

才子江山更两夸，
九州虚位待君拿。
少年懵懂初锋试，
胆气充盈取胜筏。

字 画

写意云山寄素怀，
尺幅天地为君开。
气行大笔终吞吐，
墨宝如龙下界来。

灵 感

灵感来时乘火花，
深思崖畔布云霞。
雷鸣电闪才华雨，
下到书桌响带啪。

梁祝小提琴曲

琴下闻听久断肠，

凄凉爱恨赋宫商。

此音仅只人间有，

仙侣何曾对拜堂。

归途，见夕阳如醉，迟迟不退，可爱尽美。

夕阳如醉

摘下九天辉，

贪得世上杯。

偶然成大醉，

岁月莫相催。

天蓬之八戒

诸法皆空因果栽，

轮回颠倒应天裁。

纵使沉溺享乐中，

亦把天蓬错放胎。

白梅初放

才知白雪试新妆，

口蕴芳华句蕴章。

解语婵娟纤手捧，

暗香淡雅动衷肠。

读史至秦焚书坑儒，《诗经》《尚书》被禁被烧，有护书者被追杀。

焚书坑儒

纵使君王不阅书，

人间依然有乘除。

中华万古千秋血，

洒向青史作丹涂。

昨日与志华兄相聚甚欢，然谈及天下事，又不胜感慨。每想到我中华在汉唐时之强盛，而彼时欧陆尚处中世纪茫茫黑夜，又颇觉欣慰，故作藏头诗，献给志华兄。

为李志华兄作藏头诗

李家天子汉刘邦，

志士纷纷入隋唐。

华夏从此为日月，

照临欧美夜茫茫。

　　看到志华兄发出的感慨："看到一句话很认同：'随时可以打扰的人，这一生有一个就够了。我很忙，但只要是你，我都有空。'"吾深以为然。

知 己

　　——赠志华兄

弱水三千饮味杂，

乾坤虽大目迷花。

狐朋多处知音渺，

天幸红尘有志华。

　　昨天，志华兄发来一个短视频：一只乌鸦，会惟妙惟肖地学唱歌，惊讶之余，有些感慨。

歌 魂

三生梨苑旧芳魂，

重入人间陷鸟门。

金嗓仍存昔日俏，

前尘故道已黄昏。

诗书中华

无诗何以雅晨昏，

天下文明仅汉尊。

唐宋风流高士义，

儒家风骨道家魂。

夏初晨曦

气幻彩虹桥，

云织绛紫绡。

晨风轻入怀，

更比美人娇。

晔红姐印象

有爱人生画彩虹，

青春美到语词穷。

如仙似梦人间醒，

姐在天庭驻月宫。

为晔红姐照片而题

盈盈笑语记当时，

衣秀花芳映月姿。

顾盼明眸秋水净，

兰陵才俊起相思。

对姐之礼赞

五百年来气华凝，

朝霞化作美人心。

山川日月来调色，

才为中华貌为卿。

注：卿者，姐夫也。刘晔红表姐当年闭月羞花、绝代风华，追求者众多。她是中国恢复高考后的第三批女大学生。她在湖南大学毕业后进入著名的东风汽车公司，在电镀防腐领域做科研工作，获得过十多项发明专利。她还兼职单位女工委员会委员，连续十多年的市政协委员，市侨联副主席，是中国侨联第九届全国代表大会代表……实为我辈之骄傲、家族之荣耀！

晔红姐获东风汽车公司颁发的纪念形式的"东风一辈子"搪瓷杯。

在东风里

光阴如水涌，
日日饮一杯。
俏影东风里，
明眸映晓晖。

山东一男子，5岁时被拐卖。40年后，他开车在风雪之夜受阻，饥渴之下，他在村野茅舍求食。农房大娘为其煮面，他在热气腾腾的面条中，品出了儿时母亲的手艺，泪流不止……母子终得团圆。

风雪不阻母子缘

风霜四十年，
含泪在今天。
热面亲情味，
遥思忆母颜。

晨闻火车汽笛

夜色如般雾暗，
朝阳正在出关。
长鸣汽笛声里，
霞光又润江南。

孤　读

寻常日子莫寻常，
花木春天在自芳。
即使孤独摇寂寞，
也甘陋室伴书香。

赏梅佳人

种下松竹浅黛间，
明眸欺雪又一年。
朝霞神采涂颊秀，
恰似新梅绽雪原。

善捐与求缺

让出福气几分田，

天道人生忌满全。

酒意三分称醉美，

纳缺尘世智方颠。

晔红姐与初中姐妹重逢，回忆当年上学趣事。

初中姐妹重逢忆旧

姐妹无猜蜜胜糖，

当年香少汝芬芳。

曾经明媚春光里，

少女花开秀课堂。

偶入尚未开放的梅园，但见满眼梅花绽放，却只有我一人在游园。

有幸伴梅花

独占满园春，

梅花赋我魂。

且将俗子欲，

抛在地沟层。

当年的石拱桥

石拱桥边日月深，

诸般往事水中沉。

少年得意曾经处，

终被无情抹爱痕。

山巅习武、竹下围棋，隐士文武兼修

风雨曾折岭上旗，

人生难道被天欺？

当年意志今犹在，

天地拿来下大棋。

花折小桥边

鲜花伴小桥，

天意衬多娇。

昨夜风霜过，

欺凌在我朝。

无聊中看着晚霞发呆，不免会胡乱下笔。

人世间

天地不能瞎，

人间早晚霞。

众生光照处，

个个有微瑕。

人间霞光

谁送霞光到眼前，

如金灿烂镀人间。

天天快闪呈佳境，

我辈何须再慕仙。

佛前有所思

慈悲智慧起缘空，

烦恼千般为欲从。

即便蝴蝶庄子梦，

莫为执念舞东风。

皇城冷宫深锁

春日融融寂寞庭，
早莺枝上美人听。
朱门紫禁千秋钥，
深锁红颜泣弱音。

晔红姐的姑妈，当年曾嘱咐还在上初中的晔红，为其表哥做媒，把她的女班主任介绍给表哥。但少女时的晔红，感到难为情，并没去说而作罢。女班主任的书法很美，可惜早逝。宁波方言中，称少女为"小娘"。

当年之误

1

往事陈年似酒芳，
先师字秀醉学堂。
小娘乳燕媒羞涩，
错过他人美眷双。

2

当年如果配成双，
天地风流汇甬江。
才子窗前吟日月，
床边红袖字添香。

嫦娥姐（晔红）发来家庭晚餐图片，桌上菜有带鱼、鸡翅、豆腐、莴笋等，姐姐、姐夫、外孙、外孙女共四人吃饭。豆腐又俗称犁祁。金童玉女指外孙与外孙女。

晚　餐

鱼翅犁祁翡翠笋，

浅杯清酒醉儿孙。

嫦娥也作人间饮，

玉女金童二胖墩。

与沈梁兄相遇郊野垄上咖啡店，品着咖啡，相谈甚欢。

垄上品咖啡谈天下

秋色纯金染稻黄，

梁间燕去翅横江。

稻粱谋处君无虑，

远志天涯话九章。

深秋高空，雁阵惊寒，知己如影伴飞。

雁飞知己

不求千古数风流，

但取江湖片段秋。

万里云天有君伴，

美人美景快双眸。

人生如戏

有梦快登台，

无痴不算来。

主角须是我，

哪怕有跌摔。

再回首

情身醉酒为心痴，

又见斜阳挂柳枝。

回首当年相吻处，

曾将浅荡认瑶池。

藤蔓草木中，尤喜红红的凌霄花，花色纯而不妖，惯见风雨不娇气。不用照料施肥也能迅速生长，鲜红嫩绿养眼。既抗高温也耐低温，给点阳光就灿烂。生命力无比硕强。历朝诗人多有吟咏，余今唱和焉。

浣溪沙·凌霄花

起意弱条莫看低，

不因卑贱志稍移，

高墙翠柏作登梯。

试借三分朝日色，

七分拼打逆成袭，

草根奋起也堪奇。

雪

苍穹高调净天涯，
飞玉洁白度万渣。
往事前尘今日扫，
清新铺径待梅花。

青山禅茶

溪流远去笑出声，
不语青山挡住尘。
红袖禅茶敬远客，
何妨忘却是非身。

晨读在凌霄花边

未信三生命已签，
凌霄草本志冲天。
晓风轻阅晨读卷，
露在晶莹草在芊。

理 想

日月星辰俱已排，
谁家清梦越尘埃。
紫微北斗须承让，
我有高谈跃上来。

隐 士

林下栖踪不为柴，
满天星斗待吾摘。
修竹何惧侵霜雪，
强笋无忧冻土埋。

有月天上明

明月登天叹夜黑，
清辉尽洒慰睁睽。
嫦娥无悔喝灵药，
宫阙千堆要扫灰。

醉　书

提笔人间蘸墨浓，
将书块垒论雌雄。
银缸盛满金波液，
乘醉词锋透骨松。

画　莲

笔墨幽芳可画仙，
一方山水映君闲。
梅花清气菊香骨，
不是真情莫采莲。

紫砂茶

1

纵失慧剑不为渣，
大彬闲饮赞紫砂。
颠倒乾坤酒中看，
碎揉日月泡成茶。

2

淡淡人生浓泡茶，
纸糊名利不足夸。
东来紫气壶中蕴，
道意禅思映晚霞。

松

世间古傲松，
唯影做随从。
凛凛欺霜雪，
雷轰现毅容。

秋 笛

晨依玉砌暮兼葭，
云水漂漂度晚霞。
情怯黄昏声远上，
悠然吹送入谁家？

《诗经·国风·召南》中有"采蘋"篇，描写贵族少女采蘋花用于祭祀之场景。

蘋 花

不为繁华绽尽花，

孤舟野水淡泊涯。

天生美质堪呈祀，

甘守秋江处士家。

阴霾天

愁云惨雾纸一张，

蜚语流言写满行。

大谎弥天天欲暗，

幸得日月两辉煌。

三十未嫁女养牛为宠物

云英未嫁莫胡猜，

为等红绳系足来。

终日唯见牛影晃，

郎君难道错投胎？

蒜 衣

蒜尽衣脱现玉郎，
薄如蝉翼也包藏。
小吃辛辣呛阁下，
莫见轻薄便放狂。

夕 阳

夕阳应是寸金堆，
寸寸光阴垒作圩。
眼下韶华轻莫放，
天边财富已难追。

横断山

贡嘎峰高触上颜，
怒天暴打雪龙鞭。
伤痕累累陈南北，
横断东西吐怨言。

剑 花

翻飞劲腕剑花霜，

洒下寒光破胆芒。

世上原无如此卉，

侠肝义胆涌出腔。

剑 气

内气激空射斗牛，

冷龙暴起祭寒秋。

少林飒沓登峰剑，

匹练冰霜更锁喉。

与郭忠平兄等在江边喝茶闲话……江水如诗而江山如画，谈及天下事，莫不意气风发。

云水之饮

江边笑饮茶，

物外看烟霞。

俗虑浮云散，

天涯远志伐。

品 画

山高楚岫渺云梢，

清水通仙可架桥。

舟子无心随浪远，

鸿鹄高远志吹箫。

柳映叠石桥

昔为别离赠柳条，

不因斗米下金腰。

谁甘野地卑微弃，

奋起顽石也架桥。

【中吕】醉高歌·曹操

自信如拔慧剑，

乱世书生挥鞭。

豪情不为写诗篇，

称鼎称王用贤。

【中吕】醉高歌·三国

应笑公瑾量浅，

常叹孔明无闲。

二乔美色引狼烟，

人性弱点三千。

秋日晨读

先鸡而醒晓霜凝，

目用秋波洗更清。

开卷夺来早霞色，

壮思升我出凡心。

秋风秋雨也妒才

那厢风雨妒英才，

折木摧花恶尽开。

淫雨风中遥送目，

江天涂抹晚霞腮。

江南春·期货

零和博，

起杀伐，

一战要赢麻。

多空谁成渣？

累累尸骨成交量，

一人封赢哭千家。

【仙吕】翠裙腰·真心

夜赏明月忘收心，

晾在玉阶亭。

晨起已被秋露浸，

任晶莹，

真心原是伴纯情。

美丽的姐，情深的妹，都被我生生错过……一生扼腕，不知何求！

错过的爱

曾有情怀未献花，

醒来已过舍身崖。

今生至此何须恋，

宁错繁华不错她。

思随桃花菜花开

桃色远接霞，

黄金入菜花。

人庸须自励，

事恶莫吃瓜。

取经路上的妖与孙悟空

直取泼猴颈上枭，

当年狂妄岂轻饶。

西天路上多魔障，

半是仙佛作祟招。

东篱秋思

小事何须日月知，

春秋高义傲菊持。

朝阳几度来摩顶，

惭愧今生领悟迟。

窗台秋思

年华风雨暮秋深，

失我青春莫去纯。

寻爱天涯抬望眼，

可怜日月也孤身。

月下思

清沟皓月洒明辉，

应照污渠众事违。

远去山溪天籁奏，

不将琐碎入心扉。

美军把上甘岭称为"伤心岭"。

三八线

百万雄兵作对屠，

钢与勇气更谁输。

帝国梦断伤心岭，

文雅中华动了粗。

　　抗美援朝的长津湖战役，水门桥阻击战是关键，我军曾三次炸断该桥，但美军又三次把它修好……最后那次，财大气粗的美军直接用直升机把钢制的桥梁预制件吊装在桥墩上，迅速完成建桥，使美陆战一师得以逃脱，缺粮少弹的我军只能望桥兴叹！

水门桥

三炸三修扼险桥，

当年美帝用横豪。

试观今日中华盛，

陆战一师哪里逃！

酒

液体醇香幻古今，

醉时天地变态新。

人生失意何堪忍，

逃去逃来入酒瓶。

　　机场加开红眼航班，跑道灯彻夜雪亮。

跑道灯

挑灯映道灭黑芒，

更喜此光比剑长。

世路经年多病色，

新冠久误我飞扬。

怀亲友

繁华远去似轻舟,

逝水难留若故友。

山绕白云花映月,

人间还剩几风流?

灞桥折柳送别

年年丝柳舞姿优,

岁月千秋却未留。

莫叹红尘筵又散,

且将诗酒载别舟。

初春野餐

柳色辛盘共佐餐,

泥融燕子遇新欢。

一畦春韭肥中绿,

湿雨蔷薇秀静湾。

柳丝佐餐试辛盘,

燕子泥融遇旧欢。

春韭一畦肥雨后,

蔷薇新蕾秀静湾。

梅 菊

梅有风华菊有芳，
相约尘世赴春光。
中途霜雪横截阻，
遂在秋冬正气扬。

忧郁的阴雨天

叹气生风飐过桥，
忧如云厚雨难饶。
心同尘世须常洗，
雨后江山似更娇。

晚清时，紫蓬山中的山大王，出过首任台湾巡抚刘铭传，以及淮军将领周盛传和周盛华兄弟，他们在天津屯田驻军时，开垦出六万亩海滩成稻田，并育出有名的"小站稻"。

紫蓬山

丈夫豪气满紫蓬，
天地长留勇毅声。
周氏稻香遗小站，
铭传台海济苍生。

元宇宙

识破应无忧，
痴深恐贪求。
科学玩幻术，
俗子也庄周。

睡　觉

往昔如醉梦得沉，
被窃光阴俱胜真。
百岁千秋能几许，
吾今唯有勉晨昏。

蔷　薇

蔷薇一展必春来，
枝孕含苞好运垓。
秀色初开飞燕舞，
玉环经雨泪含腮。

世间弱者如牛马羊等，常成群结队而行；猛兽如虎豹之强者，则单行于江湖，独对天地。尝读《三国演义》，遥想关云长之单刀赴会。

单 刀

扎堆险患消，

独对是英豪。

从众成牛马，

单刀志必高。

垂 钓

天上一弯月作钩，

古今高挂几多愁。

兴忘如饵勾英雄，

莫问圆缺做钓叟。

滚地龙是旧上海闸北一带贫民窟的俗称。

乌云暴雨下的滚地龙

天下乌云似扮凶，

雨滴暴打更锤穷。

浊流扫落苍生泪，

终酿倾舟水势汹。

春雨中的开学季

举头细雨已湿颈，

愿我将如桃李新。

花在凌霄红似炬，

恁般岁月更燃情。

西风沙尘暴为害，仰天长啸，怒斥之

似兵沙起暴横添，

豪取天涯百万田。

少女风疯郎喝阻，

心花怒放块垒间。

注：在《易经》中，西风又称少女风。

湘家荡

湘家荡畔柳丝轻，

一路春来次第兴。

紫燕黄莺飞去远，

桃花不走似含情。

德清县乾元溪畔，装饰着许多麦穗形的小灯，很美。不过老街上的旧房子，大都破败不堪。

德清县

乾元溪侧麦形灯，
旧舍不堪等故人。
如史长河多弯折，
巨樟临路必情深。

凌霄花

枝负千寻志，
花含左史才。
时人皆寂寞，
直到碧云开。

古道驿站

四蹄翻腾卷胡尘，
囊负军情救众生。
一路飞奔多少代，
尽头日色已黄昏。

居陋室而怀梦想，正可谓处江湖而忧庙堂。

梦 想

人间应笑几流连，

梦想高贴爱恨天。

信念不坚粘不住，

纷纷坠落打尊颜。

红色娘子军

藐视黑污仰视光，

朝霞与我共飞扬。

蛾眉浅锁千秋义，

俏影肩枪美飒妆。

不老药

神药一经入腹肠，

阴阳倒转逆时光。

鸿鹄之志凌空去，

身在棉窝久赖床。

尤赞出身草根，但不认命的凌霄花。

凌 霄

认命无争或更悬，

如牛似马被人圈。

凌霄不耻藤萝体，

奋力攀登百尺竿。

樱花飘零

柔云倚俏在枝梢，

世上疑无此等娇。

风雨不怜天似妒，

人间美好命多夭。

群兽环视觊觎华夏，需要敢为不退之勇。

敢

不予恶狗有春秋，

无惧横强会锁喉。

四目相逢皆兽猛，

贼偷盗抢始甘休。

名 利

名利被仙弃世间，
凡夫拾起置心田。
熏心利欲非炊烟，
毁尽人间多少颜。

境·油菜花海

醉眼看花花不睬，
一入花海被拥戴。
境不由心换风景，
风声若巧称天籁。

读崔护《题都城南庄》诗

相思方起断柔肠，
谁在情场顾死伤。
题下桃门春色句，
有情未必做新郎。

江 湖

湖水从容广阔间，
无因低下怨出言。
轻浮风自人间返，
戾气吹来把浪掀。

咏 雪

寒酥洒浅池，
凝雨素花枝。
昨夜西风紧，
相思字写痴。

春天里

柳在街前扭细腰，
风因天籁唱歌谣。
清溪不顾高山挡，
万里私奔入海遥。

叛 逆

光阴早把醋油添，

告我贼多叛逆嫌。

百尺竿头摇日月，

曾经拼打为红颜。

游园会上，正仰观春云变幻如苍狗，有人遛一大白狗路过，有趣。

春游遇遛狗

云描天际费思猜，

苍狗绳牵捕下来。

蝶舞双双穿小径，

情深不让祝英台。

祁连山下的金银滩原子城，十年为国研制出二弹。

原子城

万里苍山雪满头，

怀忧岂是为盐油。

三千六百神算子，

十载寒窗为弹谋。

余虽平庸，仍未放弃。只怨往昔不够努力，写诗自嘲。

自　嘲

怀揣小善赋庸诗，

屡败江湖屡战时。

唯叹平生多懈怠，

不将困苦作托词。

想起了唐诗："十五嫁王昌，盈盈入画堂。"

出　嫁

出嫁姑娘雨润花，

谁能守住美芳华。

颜值哪够光阴用，

巧手操持挽住霞。

山居晨醒看手表

鸟鸣软语中，

险岭雾偏浓。

随我山河醒，

乾坤手握钟。

立夏菜园

春来细雨润桑麻，

多籽石榴立夏花。

谁在园中良久立，

黄台尚无可摘瓜。

骑　行

眼前山海为谁春？

热血心中久欲奔。

有幸神州同久仰，

无名不是废然存。

故土外的游子

故土谁堪断舍离，

乡音未绝旧人稀。

梁园久居繁华处，

犹记茅屋往日依。

小时候，在祖籍宁波乡村田野稻田里，我向小伙伴表演泥地抓螃蟹，被赶来的大姑父抓拍了一张照片，这也是我童年时期唯一的生活照。

童 年

姑父拍我小时候，

满手泥巴野过猴。

似水光阴如蟹遁，

亲情可贵永铭留。

每日喝一点白酒活血化瘀

他人为醉吾吃药，

小酒焉能消大恼。

若遇豪情纵目时，

江湖大海都干了。

游 子

湖海山川本不愁，

波涛翻处浪无忧。

一从游子登临后，

落叶纷纷也悲秋。

秋瑾就义

世间无道必须争，
起念人心欲不臣。
慈目含悲非我愿，
朝霞碧血染红尘。

春风化雨

细雨如丝作蜜调，
碧虚百卉到千娇。
豪情不去章台路，
尽日轻风戏柳腰。

晚　归

炊烟几缕散随风，
恰似清泉没水中。
莫道夕阳金色镀，
汝身终是肉胎种。

神箭神舟

一箭飞升碧落天，
神舟横越老君前。
炉中何用金丹炼，
华夏科学已胜仙。

故地重游

故地唯余晚霞红，
残垣断井几成空。
欲将心事秋风诉，
不料风声也乱中。

闻河南连遭天灾，致小麦减产。

最是辛苦种田人

打铁撑船豆腐磨，
人间三样累出佛。
最怜命苦庄稼汉，
吃饭依天祸坠锅。

岁月如驰

猴急日月赴西边，

不顾众生在赚钱。

五鼓钟鸣声唤醒，

人间又报少一天。

　　三十多年前，在对越自卫反击战中，美丽的 20 岁女护士，在抢救重伤员时，把初吻献给了素昧平生、即将牺牲的 19 岁解放军战士，后者含笑而逝。

吻

青春战火淬纯真，

一吻封神更度魂。

此景何堪轻易忘，

三生石上印芳痕。

壮志凌云

风云万里贯长虹，

天地一时为我雄。

五岳归来难养晦，

翻江倒海现蛟龙。

规划欲骑行"318"川藏线

冲天意气染云烟，

摩旅经川到藏巅。

铁马轰鸣惊晓月，

豪情浓墨写君前。

欲走高原品读天下

花开天下我开拔，

川藏高高秀晚霞。

风雨听凭降肩背，

要他风雨也来夸。

2023 年 6 月起，开始从上海出发，骑着重机 CB1300，一路摩旅去西藏，浪迹天涯……经过著名的南水北调起始地丹江口水库……既然已到了远方，何妨再作诗一首。

丹江口水库

一泓清水上京漂，

涤尽江山与九霄。

愿此幽州无大渴，

尘埃不过金水桥。

今天经过了真武大帝的道场——武当山，高山仰止，停车驻马，行注目礼。十堰市很漂亮，微信上晔红姐温馨提醒：请喝一碗三合汤，那是当地的名小吃。三合汤，传言说该汤有"天时地利之功"，果然很好吃。

过武当山

自披肝胆过武当，
意气从来贯汉唐。
真武何须伸手助，
吾生自有我担当。

十堰三合汤

粉丝牛肉品浓稠，
东客西来赞不休。
地利天时骄子煮，
当年调鼎谁堪谋。

昨天早上，在湖北十堰高速入口处，从工作人员那里拿了计费卡，骑着二轮摩托上了高速公路。之后，一路飞驰十余小时，于午夜前到了成都……竟然开了近1000公里。

快车行千里，但更觉岁月如飞

日行千里不足奇，

仅是光阴起步姿。

夸父追乌犹渴死，

神功也败怼天时。

离开了盘桓数天的成都（去了杜甫草堂等处），又摩旅到被称为"雨城"的雅安，并在城中的青衣江边留影……雅安的年均降雨日达218天，是中国降雨量最多的区域。

"雨城"雅安

山奇峰秀匿仙踪，

大雨如财洗尽穷。

雅意丝丝滑入梦，

青衣江映晚霞红。

在成都杜甫草堂想到

诸侯杀戮在疆场，

诗圣空吟烂锦章。

铁锈江山须锻打，

书生无力举刀枪。

上周前，来到了泸定县……88年前，长征红军成功飞夺泸定桥，从此改变了中华之国运。

泸定铁索桥

强敌欲锁死生门，

年少红军在飞奔。

倘使当年豪气尽，

花开今日哪得寻。

昨天，越过海拔4298米的折多山垭口，一路向西，奔驰在崇山峻岭中……

奔驰在崇山峻岭

千山欲挡我弥强，

万壑云烟赋远方。

雨雾飘来湿强项，

丈夫勇毅盖八荒。

今天，先是奋战在以烂路险峻出名的觉巴山，之后，在雨雾中翻过了"318"川藏线的最高峰——东达山（海拔 5130 米），前锋直指闻名于世的怒江七十二拐弯道。

过东达山

骑士东来或似龙，
众山起舞欲腾空。
东达山上遥岑目，
自此人生蔑险峰。

怒江七十二拐

七十二拐世称雄，
幻尽人间算计胸。
唯用真情观美色，
随她路上变无穷。

昨日在风雨中，通过了正在大修路的七十二拐天路，途中大坑烂道，迭遇险境；外加风雨侵衣（还有冰雹）冻成狗，心中几度欲崩……事后一看，我心爱的铁骑，从未有过如此泥浆满身！

雨战七十二拐

雨中方鏖战

冰雹又添寒

泥浆恣意戏远客

七十二拐狰狞看……

一寸丹心千秋路

任他天降大任大乱！

直取最高峰

只摘最美红

眼前万里河山！

注：因为描写的是同一件事，故把此自由体格的诗也放进来。

骑行经过安久拉山垭口（海拔4468米），来到闻名天下的然乌湖，该湖原是山崩而形成的堰塞湖；湖水因大雨变混浊，却依然觉得美好。

然乌湖

谁知堰塞湖，

明媚号然乌。

美好由心看，

心生境不枯。

沿着"318"国道，历时月余，孤身跨过千里山川，昨天摩旅到了拉萨，有些小激动。

"318"川藏线·千里走单骑

江山回望险峰插，

千里单骑任雨斜。

川藏高攀天上路，

今生得以采云霞。

川藏线上，相遇不少有情怀的千里独自摩旅的年轻人，都肯热心相助。比如，此次帮我拍视频（布达拉宫广场前）的史璟玮，一人一车，从北京摩旅西藏，20 岁出头的小伙子，高大帅气，骑着专业装备的 ADV 重机，日行千里，仿佛赵子龙转世，待人真诚而热情，特作诗相赠。

独行侠

千里为独侠，
怀揣二把刷。
其一刷天地，
不令有微瑕。

林拉高速

千里诗情在藏边，
道随芳卉草接天。
蓝天仰看云间路，
羡煞当年郦道元。

春雨水滴

为润繁花不顾身，

凌空跃下洒红尘。

待得万朵千娇日，

江北江南不留痕。

迷 雾

浓雾似迷汤，

无端要我尝。

人间多少事，

需要被遮藏。

曾从军十余年的亦良二哥，以孝顺父母而闻名乡里；美丽的晔红姐，以智慧能干声振央企东风二汽。我以他们为荣，见贤思齐焉。

天净沙·二哥之孝

田园种下芳菲，

为国戎马边陲，

孝敬高堂母瑞。

问寒捶背，

无愧领章帽徽！

西江月·有姐如此光辉

自幼祖国花朵，

盛开十堰蛾眉。

恰如幽谷雅兰垂，

引得英雄无寐。

奋勇攀登路上，

曾与日月争辉。

东风难忘战旗飞，

一世光明无悔。

才与财

千古诗章李杜门，

汉唐贵富几人闻？

熏天铜臭风吹散，

文脉方能铸永魂。

如梦令·那时乡村晚饭

长夏茅屋日暮，

田垄余霞映路。

门板露天桌，

晚饭清贫红薯。

羡慕，羡慕，

兄妹少年翘楚。

秋 笛

笛音有爱惊天籁，

鸥鹭旁听今何在？

秋尽蝴蝶再去蜂，

今生花绽更谁采！

感觉《红楼梦》中的史湘云，有湘楚女儿之风，喜欢。

史湘云醉卧芍药丛

闺阁醉秀丛，

花色两相拥。

有此青春梦，

人生更不同。

漫步秋日，见硕果布满枝头的田野。

秋日硕果

秋色斑斓硕果黄，

便知春日种耕忙。

承蒙日月多关照，

更赖情怀久满腔。

独木桥边的冲天大银杏

独木桥横岁月深，

萧萧秋色抹春痕。

冲天不为争权贵，

叶落成金赠世人。

史载，朱元璋临终前，竟然下旨，命令日月停止运行。

喝令日月

天地曾经被我凶，

呼风唤雨作随从。

而今崩朕塌天下，

日月须停半刻钟。

春雨水滴2

细珠无数雨无涯，

暗洒轻抛润物华。

本是晶莹如玉体，

从天而降为千家。

从空中俯瞰，身处最低洼的江河湖泊等，却是最明亮耀眼的存在。

而枕着波涛，听着流水声入睡，亦是人生一大快事。

江湖间的天籁

江湖静卧地深偏，

低调明明亮照天。

风雨焉能掀大海，

禅心无惧理琴弦。

暮色军训

山川暮色逼，
黑暗画新低。
莫道西风紧，
迎头有战旗。

诗　客

千秋骚客几奄留，
半在青楼半酒楼。
醉里乾坤诗性大，
红裙翠袖动灵眸。

夜观天象

举头原是为求真，
遍历群星少见纯。
暗淡紫微牛斗晃，
精魂应已萎红尘。

放 空

今日依空闭耳闻，
随他世路甚嚣尘。
无边风月闲中揽，
过客纷纷暂寄身。

情窦初开

年少花开这样红，
枝摇蕊动沐春风。
无心笑靥朝霞抹，
初见情怀至死浓。

台风来时

风急过分嚎，
浪巨已成妖。
日月皆吞吐，
凡夫哪里逃！

天净沙·江南晚霞

江南本就繁华，

不须额外追加，

造物偏偏秀画。

彩云高挂，

布柔情染天涯。

晨　曦

小令清词与短诗，

晨曦如志吐佳辞。

朝霞映我昂然立，

虽处平庸不忘思。

中国空间站启示

如纸人生写异同，

心高泼墨向长空。

鸿鹄有梦惊鹰将，

无意争风却化龙。

余生平喜欢追看晚霞，不忘朝霞。

西江月·追光

坦荡襟怀赶路，

任他世道黑滑。

光芒万丈照年华，

正映此生潇洒。

愁见黄昏将尽，

哪堪雾挡云霞。

有情方寸曼珠沙，

一世谁牵谁挂？

睁眼醒

一夜黑空暗淡星，

灵眸开处展黎明。

江山正沐朝霞色，

床榻休得阻我新。

睁眼醒（另一种押韵式）

一夜长空晦暗深，

明眸开处晓星沉。

江山正沐朝霞色，

床榻焉能困我身。

读毛主席《清平乐·六盘山》

尝叹人生作短篇，

将军驻马望长天。

神州铺就苍茫纸，

大笔从今写万年。

池上晚霞

江湖之远荡轻舟，

池上云来幻彩绸。

欲问流霞借杯酒，

倩谁共我醉今秋。

秋思银杏树下

人间异彩正堪求，

初恋红颜月下羞。

但使光阴能市易，

散尽千金为挽留。

天上人间

天上永如春，

红尘四季轮。

淡极知趣少，

跌宕更销魂。

人间风雨

仙境天庭秀色浓，

雷声霜雪永无踪。

人间风雨经年过，

恐为污浊要洗冲。

有观点认为，从量子角度看，现实世界与虚拟世界似乎是同一世界的波粒二象：粒子代表现实，波场表示虚拟。

现实与虚拟

时空万物费琢磨，

看透虚实两象波。

当下无着奔幻境，

冥思深处会佛陀。

地 铁

隆隆作响铁运筹，

深入繁华向地求。

林立高楼难挡道，

巨龙一线洞穿愁。

日月孤勇

日月孤独运浩茫，

英雄寂寞自疗伤。

世无皓月多黑夜，

大义高光唤太阳。

　　余幼时，迭遭社会及家庭变故；但我被外婆宠爱着，并启蒙为人处世之道……那种亲情教诲，让人一生都感到温暖治愈。如今，看到表姐、表妹都做了外婆，也对自己的外孙、外孙女疼爱有加，教导有方，不胜感慨中华母爱之伟大！

天净沙·外婆

人间至上慈祥，

外婆天赐如糖，

母瑞之辉闪亮。

稚心和昶，

此生如沐佛光。

大雪天2

鹿车送礼到谁家？

白雪纷纷把路刷。

舍内儿孙赢母爱，

红梅窗外败寒杀。

日月孤勇

日月无声不找妈，

只携我辈历繁华。

本无父母来相靠，

天下光明却靠它。

过滕王阁

一路直觉岁月深，

低头原为拜高人。

落霞孤鹜谁留住，

才子文章永度魂。

天上之餐

五彩朝霞画饼摊，

观天观到让人馋。

星星天上冰糖矿，

摘下颗颗作蜜餐。

回忆起今夏在西藏林芝到拉萨的高速公路上开车，路两旁不断有鲜花簇拥，云雾缭绕，如在仙境。

被鲜花簇拥的林拉高速

晓雾途中欲掩花，

谁知丽质在天涯。

吾心随驾乘风去，

飘逸白云献哈达。

曾在大别山深处的小镇上，欣赏山溪桥边的依依柳色，不禁想起陆游的《钗头凤》词。

山溪桥边柳

曾是江南妩媚枝，

山溪栽我袅晴丝。

一般桥下春波绿，

不见惊鸿照影痴。

善有善报，恶念莫出。作恶之人，来世不一定还是人身。

杀 猪

往世人身现世豚，

而今放血被刀分。

前尘恶念知多少，

因果结来挂苦藤。

律师灯下读案卷常至深夜

扯落夕阳夜抹黑，

孤灯难挡暗合围。

疏星躲闪窗台看，

但见明眸审是非。

投资改变命运

不因风雨畏时艰，

我辈何颜混等闲。

富贵从来无久主，

若无巨浪怎掀天。

在桃花潭边，自会想起李白、汪伦之间的情义。

桃花潭边

金色阳光月色银，

潭边日月贵于缗。

何妨跃入情深水，

化作鱼生快乐鳞。

再回首

人生风雨树摩天，

辛苦心酸果涩甜。

最是伤心绝美处，

几番扼腕为红颜。

许愿流星

天降神光带角芒，
划然捎走旧时伤。
人间有愿襟怀远，
望赐星眸闪智光。

春 色

细雨轻烟春日风，
无边柳色水一泓。
踏青渐入芳菲岭，
好似佳人粉黛胸。

暗 恋

只在眉间肚里藏，
痴痴暗恋久成伤。
欠她多少前尘债，
让我今生想断肠。

木假山

未成梁栋亦非柴，

四海漂泊志未衰。

绿水青山皆有韵，

木心决意化峰排。

地 震

地怒不可知，

人生后悔迟。

红尘空故事，

情爱漫多痴。

天净沙·关山月色

余观月色银涛，

暗黑之上铺桥，

动了阴森奶酪。

月明长照，

几曾光灭魂消。

纸

为接甜苦是非铺，

雪浪高端作画图。

写尽春秋多少事，

薄张载史厚成书。

林间青松

浩然意气聚长空，

点火朝阳烤夜红。

早起林间寻玉树，

临风凝露是青松。

有感华为、大疆怒怼西方

1

赤县无端被恶围，

华为不跪大疆飞。

盎格海盗高樯橹，

但遇真龙碎甲盔。

2

海盗秀肌筋，
华为数逆鳞。
千秋华夏辈，
疆大不臣民。

上海复旦大学高才生留美读博；最终在美流落街头 16 年，乞讨
为生。每到冬天夜，街面凄冷而常被冻醒。

梦 碎

几番光影幻人身，
雾去云来看未真。
理想乘风投彼岸，
他乡街冷冻痴魂。

结婚才两年的妻子因病去世，岳父母因此病入膏肓，女婿虽穷，
但不离不弃，照顾左右。

孝 婿

如锤意外碎情钟，
岳父瘫痪岳母疯。
孤日撑天劫自度，
上苍何忍孝儿穷！

朱泖河畔远观太阳岛及泖塔

树影婆娑彼岸洲，

江波塔影晚钟柔。

人生何处方开悟，

道在飘飘数点鸥？

从三国到民国，数千年以降，那些奋勇拼杀的英雄豪杰，图个啥？又得到了啥？

史观华夏

风云争霸上瀛台，

富贵荣华躲不开。

天下英雄今何往？

无非过客被深埋。

看中欧班列昼夜运行

梧桐枝上月丝滑，

天地新贴灿烂霞。

铁轨化龙连四海，

龙腾凤视看中华。

妈妈要女孩把茄子削去皮，用来炒菜。小姑娘却掏空茄肉，做出了一双漂亮的"茄子鞋"。

有才不在年高

天使清纯小女乖，
人间巧手大思才。
茄子何德遇伯乐，
真履殊途踏未来。

《红楼梦》中的龄官，她私订终身的对象是贾蔷；她想念贾蔷时，就会流着泪，在地上不断画着"蔷"字……故龄官画蔷，堪比黛玉葬花。

龄 官

葬花黛玉论悲伤，
苦恋龄官总画蔷。
甜蜜得之绝望处，
卑微有翅也高翔。

再回首

1

西风乱滚扫红尘，
多少年来梦幻吞。
犹记当初春水碧，
曾经如玉少年身。

2

少年曾阅圣贤书，
努力花开志未污。
绝美青春投岁月，
如狼岁月尽吞无。

3

苍颜白发已冠头，
不见当年振翅鸥。
唯有心如高挂月，
时时还照旧神州。

4

光阴曾伴少壮年，

意气喷薄瑞霭尖。

梦醒豪情无处觅，

朱颜抛在哪一天？

《红楼梦》中，对身世不幸的香菱，着墨颇多，寄予同情。

香菱学诗

天真未泯怯心痴，

美不愚知最美时。

悲苦如渊吞所望，

救赎庆幸有诗词。

看到早餐铺子，油锅中正在煎老油条，似有所感。

长痛与短痛

鼎沸锅中老油条，

煎熬将尽业将消。

笼中辛苦金丝雀，

终日须得唱曲谣。

梦登终南山

长闻有高人，

依稀梦里逢。

山川明月夜，

劝我作飞升。

读史常见，大旱之年。官府会祭请龙王来行云布雨。但民国时期的军阀张宗昌，他求雨却来强硬的：若不下雨，便炮轰龙王庙！

大旱斥责龙王

千花百草渴甘霖，

大小龙王竖逆鳞。

即请天涯布云雨，

几番不到定诛卿。

时光败英雄

岁月如牢锁钥钟，

分针秒剑刺英雄。

如钢意志斑驳锈，

似玉肤肌血化中。

西方垂象

江山无语被钱谋，

精致西方傲慢头。

利己聪明一大堆，

终究鼠目配蜉蝣。

西方的萝莉岛事件 1

天怒腾空去，

不能顾此污，

剩下虚伪化迷雾。

地怨有开裂，

口水来填补，

就此成江湖……

只为变态云雨会，

凄风冷雪（血）满天输！

注：因两首诗皆描写同一件事，故把此自由体格的诗也放进来。

西方的萝莉岛事件2

丑陋人心虎兕柙，

恋童奸女似吃虾。

当权如此衣冠兽，

遑论西方幻彩霞。

千古以来，曾经的难事或容易事，最终都不是事。永恒的月色，消弭了一切。

舟中观苍山月

人可偷闲月上班，

清辉洒向易和难。

天涯幸有江湖荡，

容我愚思岁暮帆。

明月夜

天涯有一轮，
永作最高灯。
常沐光明月，
凡夫也辟尘。

夜读佛经

夜色外窗蹲，
窥觑欲入门。
经中求慧剑，
灯下目光纯。

月

光明普照球，
夜夜守千秋。
身在长空净，
安澜水静流。

冬天开车追着晚霞去远方

追寻春色去云南，

一路冰霜险筑关。

万道霞光自天降，

光明助我破千难。

古潭映月

落叶静秋桥，

文鳞未起涛。

盈盈终弱水，

永伴月娥娇。

神仙生活

乎去飞来雾霭中，

八方敬献胜豪雄。

神仙亦是单身汉，

唯有欢欣略不同。

采因果

心种莲花万顷田，

人生随处可开颜。

无穷聚散称因果，

爱采情深蒂落甜。

三打白骨精

唐僧碎嘴寒，

八戒妄加参。

妖怪人情重，

应知悟空难。

自从高中一别，36 年后，再得与晔红姐相见。

那年初见正少年

初见如花美眷，

含苞正是春天。

三十六年音断，

重逢暮雪苍颜。

匆匆老去

往昔年少变衰翁，
谁窃青春更玉容。
岁月何时成惯犯，
洪钟分秒快如风。

明月夜 2

绿水青山永在，
人生快闪登台。
今夕月明清照，
蜉蝣亦忘哀哉。

女红军何子友，武功高强，曾在战斗中单掌拍碎敌军战马脑袋。

此外，她还善豪饮，史载连大名鼎鼎的许世友将军，都对她称赞有加。

侠女何子友

巾帼侠女炫英雄，
一掌拍来马脑空。
花木兰中最身手，
酒仙榜上数雌龙。

新春看天柱峰上，孤石冲天，豪气顿生

孤石一片欲撑天，

不管风云几度颠。

霜雪侵关谁念起，

层峰之上溢豪言。

伤 春

矜持花朵被吾求，

春色如此莫要走。

风雨无端摧打过，

花已含泪不点头。

浣溪沙·蒸汽机车

铁轨一双越壑崖，

直达茅舍二三家，

喷烟吐雾夜叉杀。

牛马骡车揖手让，

汽笛声里日西斜，

摩登钢铁古时侠。

马 灯

夜如巨兽噬星鳖，
雨似长鞭打惨别。
荒野江湖凄凉路，
有灯明灭照滑跌。

拂晓前思

夜深似墨不书愁，
新月如钩莫挂忧。
华发霜薄凉热血，
朝霞映我赋春秋。

初春之思

含苞何惧晓春寒，
明媚终将胜月婵。
人世何能皆如意，
江湖亦过每道弯。

儿时在江南水乡长大，整日里浑水摸鱼，清水捡田螺。

童 年

泥鳅黄鳝尽滑溜，
心愿诸般付水流。
幸有田螺臣伏在，
信手拈取哄馋喉。

白玉兰

温婉无瑕俏玉容，
幽香不与苑花同。
早春秀色谁与赋，
一任娇羞细雨中。

三朵黄花

探春春迎两鹅黄，
嫩色柔条秀碧塘。
陌上菜花如处子，
微风轻漾女儿香。

惜 春

自古风霜祸秀枝，
嫣红姹紫竟为撕。
可怜天下惜春客，
今岁护花又到迟。

旅途日暮怀友

花攀青木漫倚栏，
行客长亭卸宝鞍。
春树哪堪残日重，
暮云心事被压弯。

房价高挂

莫笑蜗牛带舍行，
三更冷雨也难惊。
皱纹多处光阴少，
房价已攀北斗星。

梦 想

天马飞骑面海空，

朝晖抹尽晚霞红。

苍天忘赋双飞翅，

梦幻拿来作翼龙。

空 难

等闲堪比赤金辉，

刹那终结到骨灰。

蚨母分飞劳燕散，

无情兽噬几人回。

鼋头渚花海

人到纯时水净浅，

花开锦浪欲滔天。

江南游子依鼋头，

欲借春光回少年。

长春桥边俏女妆

羞附娇花雅赋裙，

姿容浓浅意随君。

长春桥畔初心境，

人面桃花又复寻。

据考证，唐时樱花与唐刀一并传入日本，唐刀后来发展为日本的武士刀。

樱与刀

唐刃名花两赠时，

焉知历史反身吃。

刀寒武士卢沟月，

富士樱飘落日枝。

晚 笛

青溪桥畔数枝花，

日月随风作过马。

树下几回空念想，

长笛横弄送烟霞。

上海高房价

直上高攀月殿墙，
嫦娥刮目世间房。
婵娟从此街区落，
不必仰天作幻想。

墓园菜花香

嫩黄明媚溢贞香，
羞涩千般仍俏仰。
别有花随英气在，
慎终追远到他乡。

世　相

平滑豆腐豆芽长，
一种根源两相将。
曾在枝头同雨露，
终随择选幻苍茫。

豆芽与豆腐

豆芽埋土或繁华，

豆腐白白被嘴夸。

莫羡贵人相遇助，

自强天地亦开花。

浣溪沙·醉酒桃花

春雨桃源迷洞天，

崔郎之后我流连，

谁知人面似当年。

自古伤怀容易醉，

情深言简让人牵，

杯杯痛饮势还添。

照相机

留下身形隐暗匣，

改观角度便成渣。

对焦似见前尘事，

往日纷纷在干啥？

端午来时看中流砥柱石

苏世独睁醒眼帘，

横而不动数劫年。

抵他江海狂涛浪，

端午来时仰问天。

无　题

小院谁家明媚枝，

晚风轻舞送香迟。

良宵总被他人度，

该到吾心赏花时。

读《红楼梦》

草蛇灰线脉伏深，

因果姻缘满泪痕。

终了才听惊醒木，

不如还做梦中人。

老子曰："天地不仁，以万物为刍狗。"

问 天

量子纠缠始有魂，

苍穹何以怨尤深？

弄人造化搬因果，

天地汹汹对众生。

悟空的花果山

岁月林深知几载，

危崖水帘斜阳晒。

一从大圣去朝天，

花果年年得意绽。

2022 年 9 月，与郭忠平、黄青松两兄一起摩旅，从上海直骑到山东日照。

跨越山海的骑行

沧海横流我未衰，

八仙过后待君来。

骠骑水陆皆通达，

豹胆雄心尽数摘。

无 语

谗言活在赞声中，
鸦嘴强词理不穷。
堂庙风吹灯火暗，
江湖雨打数残红。

请奋起

斜躺夕阳懒汉庸，
万千光子蹭尊容。
粉丝如许痴迷尔，
岂忍辜他岁月空。

天府之国

年年岭上辣椒红，
日月偏偏惯蜀中。
雨顺风调忘花甲，
壶茶泡处侃心浓。

月宫挨着天宫空间站

神箭弯弓玉宇开，

中华自此起高台。

嫦娥寂寞舒眉黛，

宫阙天边两两挨。

淡泊在春花秋月

朱颜俯仰已白头，

顾盼风流被墓收。

最是心花明媚放，

春花秋月映吾舟。

夜 读

夜如大谎欲弥天，

星月出逃险岭巅。

书本燃藜烛照义，

寒屋不必彩灯鲜。

品 画

溪边卧虎欲张牙，
篱落藏龙隐士家。
三友岁寒无垢态，
白云替我把天擦。

张 骞

意念执着胜铁锤，
凿空历史向西推。
踏平胡土成丝路，
万里龙庭扫货回。

乘势而上

兵甲胸中百万千，
书山演练悟多年。
循得穿雾阳光束，
冲破青天用纸鸢。

刀刃与刀背

砍树切瓜只瞬间，

恩仇快意刃来喧。

若无刀背宽浑厚，

薄刃何来意志坚。

弟弟忧心大龄姐姐难嫁

靓姐轻描我淡愁，

三十老大立神州。

云英未嫁因跌宕，

珠玉焉能弃地沟。

无 题

临川过客为谁忧？

晚日无心下小楼。

照过沟渠明月在，

不须悲喜替天愁。

远方的荷塘

遥想荷塘溢所香，
一花一叶总清凉。
梦托千朵莲花姐，
佳藕当值赴远方。

月明江湖

嫦娥擦净菱花月，
越女深藏初照心。
但愿天涯舟过客，
清辉洒处水波平。

1937 年，南京大屠杀时，长生寺梵根方丈等 17 名和尚也被杀。
号称信仰佛教的日军，只是崇拜禽兽而已。

"九一八"

虎咒出柙鬼子杀，
风霜万里盖中华。
声从久远来相告，
佛祖曾经溅血花。

匆 匆

历史长河晚景雄，

豪杰何以太匆匆。

人间恩怨生黑洞，

吞尽光阴早晚中。

法显大和尚 3 岁出家为僧，在 60 岁之前，一直默默无闻。

雪中梅

老杆黑粗欲弃枝，

韶华埋没未开时。

江山向晚冰天雪，

才露高洁本色姿。

曾开车去新疆旅行，胡杨树顶天立地的存在，令我印象深刻。

胡 杨

1

虬枝坚木挡流沙，

屹立千年不倒侠。

高义或将侵日月，

枯躯犹在护中华。

2

百代千秋战暴沙，
苍茫四顾唯余乏。
幸得红柳来相聚，
大漠西天采晚霞。

3

茫茫戈壁更无花，
漫漫胡沙苦作华。
古道休言遍白骨，
秋风染木裹袈裟。

灯 塔

抹尽余晖待晓钟，
为谁霜雪立西风。
几回长夜燃希望，
明月他乡伴雪松。

量子纠缠

渺渺茫茫不着边，

未知君去有多年。

天涯忽感肌肤冷，

意用思缠尽着棉。

从宇宙大爆炸想到

星月佳人体似酥，

凭空万物起虚无。

若非神圣来加力，

量子纠缠似鬼倏。

晚霞中的江边柳色

梳柳江风肯用时，

愿陪柳色换身姿。

我观日月精华堕，

霞彩凝来作粉脂。

霞光中

1

日月经天赋永存，
江河流地刻情深。
山川漫道无言立，
每遇晨昏看到真。

2

天地无私或欠斟，
朝霞偏爱映佳人。
书屋山野斜晖里，
独立幽兰沐至纯。

江 湖

入世方知欲海深，
无情浪打有情人。
幸得日月清辉照，
更有真诚愿舍身。

日月之下

胸有朝阳作火膛，
进来诸恶俱烧光。
凡花寸草皆凝视，
我辈疏狂义满腔。

英雄何在

凤毛不必饰身强，
麟角存留自带光。
日月在天皆耀眼，
可怜星汉仅微茫。

秋日游

谁识秋日水清闲，
世事庸庸弃两边。
茶叙兼葭鸥鹭舞，
伊人偶遇比心甜。

盖有郭兄者，每次远足，必携带精美茶具，于途中休息之际，煽风点火烹小茶。茶香与清景交融。

郭兄茶

河畔茶炉雅致炊，

兄台笑脸漾清辉。

义高总被霞光染，

几度夕阳欲蹭杯。

【中吕】醉高歌·渔樵问答

浮生当浮天地，

算利应忘算己。

攀登不爬青云梯，

先生放胆出题。

晚霞中

流霞天注灌空杯，

落日陪吾饮到黑。

硕果空空枝渐老，

不将心事怨斜晖。

参　禅

尽道世何堪，
时人妄悟禅。
离别天上演，
日月两孤单。

天地之恋中的牛郎

夜追明月彩云辉，
丝柳同框落日回。
银汉虽宽郎莫怨，
也曾得抱美人归。

打铁成剑

左右为难夹火钳，
凭空施暴锻中间。
恨仇入刃成杀器，
淬火强行进油盐。

猪八戒

为嘴奔忙屡搞糟，

情怀近色犯天条。

色食本是生民计，

纵有污缺亦可饶。

我国多次使用液氢液氧（冰箭），把空间站组件送入轨道。

天宫空间站

冷箭寒星烈焰推，

登天之火地可摧。

九垓汗漫英雄度，

闲请嫦娥饮玉杯。

梦中期货行情

穿越阴阳境转凉，

命如期货要平仓。

判官鬼叫听未真，

扯嗓公鸡叫起床。

忆

年少行吟柳永词，
品读月下美人思。
青春如凤皆飞去，
叶落梧桐寂寞枝。

落叶梧桐林

凤凰未到我先来，
落叶飘飘似可哀。
但见树干皆挺立，
磅礴气概戗天台。

【越调·凭阑人】·清闲

青草漫坡花满堤，
天地有吾清闲栖。
鹭鸥高飞啼，
笑含情爱迷。

　　法国哲学家曾把人生比作两块无穷黑暗连接处的光明狭缝：一块是未出生之前的黑暗，另一块是死后的黑暗，都是无穷无尽的。

狭 缝

无穷两块铆接中，
拼打人生处细缝。
有梦诸君须快闪，
莫待黑暗大合龙。

浣溪沙·战疫

僧众俗家袍色杂，
争贴绿码惧别家，
声声红码要捉拿。

地府也拟查代码，
新冠无奈去毒牙，
依然追砍到天涯。

佘山射电望远镜

西郊巨眼洞悉察，
万里巡天找问答。
维度深空谁在守，
异星可否话桑麻。

月下梅花

且陪月色在人间，
浓淡由情素影娟。
身寄寒枝谁在意，
花开冰雪待清贤。

为爱入世

红尘有所怀，
为爱不惜呆。
鸟作双双燕，
花于并蒂开。

甲 子

六十甲子老皮囊，
旧梦偏偏挤满腔。
热血未凉豪气在，
不将失意怨南墙。

藤

松生峡谷大而乔，

攀附青藤似不肖。

人世阴阳分子女，

刚柔植被扮藤娇。

江　南

晴耕烟水雨读籍，

三月桃花在小溪。

金榜书生洞房夜，

渔樵江畔暮吹笛。

见小路旧桥边，有些许高大水杉树，深秋叶落，宁静清幽。

水杉叶落

千寻巨树梢，

为道守拙桥。

已似金梁木，

辞虚叶落高。

《水 浒》

好汉难当恶狗欺，
梁山逼上竖天旗。
何须日月搬兴废，
笔下龙蛇更传奇。

挂 钟

墙上洪钟似老饕，
昼吞夜噬每分毫。
争得早晚终何用，
命像花开彼岸消。

人在秋途

枫林醉染苍山坞，
野寺晚风说空无。
天生白云仰高洁，
江涵秋水去乘除。
叹无锦囊收诗魂，
哪堪红叶入泥污。
蒹葭未愿留俗客，
孤鹜凌空傲江湖。

醉高歌·期货

斜眼看对方向，
正视莫爆重仓。
四两千斤随心上，
含笑打扫战场。

西江月·期货

盘下盘中苦战，
杀人 K 线如麻。
阴阳画烛遇多空，
哭笑远隔川岔。

金钱上台讲话，
真理禁似寒鸦。
多空转换处悬崖，
失手跌成笑话。

咏黄巢

柔条欲寄作攀爬，
志到凌云再绽花。
光照未达寒苦士，
吹灯拔蜡做孤家。

蜡　梅

野地枯寒尽渺茫，
探得昨夜蜡梅香。
嫩黄轻漾芬芳语，
惭愧冰花欲退场。

天净沙·人生

无穷过目云烟，
这多前辈先贤，
几许无眠永夜。
去纷纷也，
短歌声断长弦。

水

飞流直下率高山，
静处禅深作碧潭。
似母柔至泽万物，
遇礁不忍响千滩。

教室旁的小径，铺着煤渣。

煤 渣

供暖书屋煅作渣，
铺得花径护跌滑。
春风夜度桃李枝，
开我嫣红几芳华。

江 南

晴耕烟水雨读奇，
三月桃花在小溪。
才若不及谋社稷，
樵夫渔父亦琴棋。

帆

布在凌空快闪杆，
壮怀如浪碎礁盘。
破帆不降犹吹动，
未过千滩意难酣。

瀑　布

险峰志坠万钧时，
当绘七虹寄我思。
千古有约奔大海，
奋身不顾未觉痴。

突　破

天下藩篱或妄之，
南墙欲撞撑金枝。
方圆自古贤明度，
或有陈词似粪池。

屈 原

清清江畔赋《离骚》，

剑未拔兮帽已高。

怒蹈江流魂不坠，

衣冠垂幸汨罗漂。

冬雪醉山间道观，旁有残菊枝头

又见江湖满地秋，

菊英不落道长留。

青山欲老江天雪，

我为群山大醉休。

闲愁最苦

闲中日月也魂消，

夕阳似比往时憔。

明月桂华流黛瓦，

嫦娥不见影轻撩。

狗拉雪橇

雪橇狗拽过荒村，
大地新铺染画纯。
州野莽莽清净沃，
苍山不动却如奔。

初春小景

竹篱蜗牛作攀爬，
屋顶凌霄绽蕾花。
微动春风拂秀靥，
初妆豆蔻在谁家。

月夜失眠

辗转床席取夜壶，
抬头便见此轮孤。
一般不寐询娥素，
清苦千秋向谁赎？

人生篇章

人生如笔不求签，

墨写风霜也胜闲。

流水章节供自乐，

名篇谁著响千年。

山　梅

北风昨日下江南，

一夜冰霜竟占山。

世上横蛮终有尽，

淡然梅绽小山庵。

春　梅

垄上晴丝未见飘，

山间厚雪阻溪桥。

严冬融化柔朵前，

应是寒香也蕴娇。

除　夕

除去今夕尽可约，

普天辛苦暂脱靴。

家家心愿如诗画，

性急烟花早报捷。

表姐从箱底翻出三十多年前的旧棉袄，再次试穿依然合身。

旧衣重穿

当初年少旧衣着，

几度夕阳眷顾消。

纵使穿得合体附，

沧桑鬓角也难饶。

骑　行

马达轰鸣意气扬，

顿开名利束绳缰。

桃源深处潇湘渚，

云淡风轻雁几行。

夜 读

近半光阴被夜埋，
韶华烙印没尘埃。
孤灯依尽寒窗月，
般诺书中款款来。

春 归

日月窗前几度临，
光斑尽抹似关心。
愿闻猛志将雄起，
大地春归正展新。

品丰子恺《小时候》漫画

与其矫饰做诸公，
毋宁轻智为稚童。
午夜梦回多少事，
幼时被爱最动容。

听 琴

漫拨弦指应宫商，
得道琴声任我扬。
流水当思挂高岭，
梧桐枝上凤求凰。

相 思

窗外寒酥扣岁关，
相思欠债用诗还。
清官浊世留名叹，
唯有真情可以贪。

浣溪沙·海边夕阳

辜负人间爱与猜，
夕阳依旧下沉唉，
你还无语述它衰。

夺我倾情催我老，
如此日月不应该，
元宇宙里必重排。

黎　明

黑夜如煤破晓烧，

红霞欲染彩云桥。

苦读学子声声朗，

得意金鸡始报晓。

朝　霞

无穷画布挂天边，

壮丽新涂明媚嫣。

举首映得花信色，

愿君不负早霞颜。

轮　渡

1

江湖落日更谁留？

人在波中已去舟。

杂混愚贤多少事，

菩提接引也摇头。

2

身登彼岸舟，
一世更何求？
爱恨今安在，
茫茫付水流。

油菜花

咬得根菜自安详，
开尽黄花富一方。
种菜民族安若素，
西方歇菜做强梁。

观《阅微草堂笔记》等有感，见证因果，感受轮回。

轮 回

轮回漏灌孟婆汤，
前世今生两断肠。
回望横塘柳溪路，
泪流难阅旧诗章。

深 秋

黄叶落黄花，
憔容暗天涯。
清清秋水蜿，
流远去谁家？

叹

恋树春花色用纯，
绕堤秋水也撩人。
可叹春秋佳丽去，
更惜岁月近黄昏。

一流浪汉从不主动乞讨，一黄狗跟随在左右。

流浪汉

低到尘埃也不求，
命薄如寄此生休。
晨昏漫遇多白眼，
幸有忠贞犬伴游。

秋

未和骚客更磋商，
草木今秋又泛黄。
夺却一年风韵去，
变颜落叶舞轻狂。

宜 兴（藏头诗）

1

宜人山色若瑶台，
兴旺街衢满艺斋。
真玉何如紫砂贵，
美壶大作费思猜。

2

名士风流教授乡，
农家烟雨亦读章。
文华久在江南驻，
阳羡茗壶透墨香。

3

东坡书院柳成行，

画马悲鸿大笔飏。

但聚雄才为国用，

耕读传世自绵长。

4

善卷张公洞府幽，

春来三汛赋清愁。

野芳时献千秋敬，

礼赞中华浪子周。

（注：浪子周就是周处，是中华民族里浪子回头、报国封侯的
典范。）

和桥镇

梦忆和桥往日鸥，

风吹岸柳雨湿舟。

芦花湖荡石桥拱，

莲叶儿时过人头。

儿时，与俊良兄等一起在河边掏螃蟹，与琴芬妹妹结伴去河边割猪草，路遇大蛇挡道。

浣溪沙·童年

螃蟹洞藏我动手，
一把掏去浸衣袖，
抹泥情比地天厚。

芳草笑割闲做伴，
红尘忽遇大蛇头，
挺身护妹也嘶吼。

废墟上的鲜花

美梦梁间瓦碎休，
谁能总系幸福稠。
鲜花开满颓垣上，
得意应怜失意羞。

观驴友寒冬浪迹天涯视频有感

连天冰雪素衣寒，

万里投荒正不堪。

孤勇丈量天下路，

踏平险峻志犹酣。

翘首青藏

嘛呢映雪上虹辉，

鹰趾珠峰召唤谁？

日月漫随云海去，

误他今日几多催。

冬奥会上，谷爱凌代表中国队在滑雪比赛中勇夺金牌。

如梦令·冬奥会

冰雪清新华夏，

盛会感怀天下。

滑雪爱凌腾，

一道彩虹披挂。

惊讶，惊讶，

百炼金牌无价。

中国女足

强弱难分怯是渣，

命途由我不由他。

玫瑰飒沓铿锵蹙，

反败终赢用必杀。

清 明

莫叹梅花谢小楼，

红颜桃李醉明眸。

雨丝细画江南路，

浓写春光淡写愁。

陪亲友去宁波舟山故土祭拜先祖……舟山群岛共有两千多岛礁。

舟山群岛

银河天上素波流，

降下繁星渔火舟。

王母妆台东海覆，

千颗翡翠落礁洲。

祭 拜

天涯共念祖先恩，

三炷高香拜祀坟。

望赐情怀和智慧，

不甘庸碌作儿孙。

富翅岛

童年已弄丢，

故土为吾收。

草木乡情盛，

稍行便挽留。

注：车行富翅岛，草木繁茂阻车，好似故人热情挽留。

春风与林鹤两位兄长去世，令人感伤。

伤 逝

恍惚回望旧时光，
泪目犹带不舍伤。
林鹤春风两飘落，
曾经红日坠湖江。

无花果

何必痴痴等待，
终于忘了花开。
无缘也能精美，
凝结舍利珠胎。

余之诗集《夏雨隽永：江南诗稿》如今定稿。今于时间轴上取长矛，而学曹孟德之横槊赋诗。

诗稿初成

天地有稀音，
诗成不负寻。
焉知随手作，
亦是苦心吟。

自由诗

站得高些

站得高些
就不会看到苍蝇们
把垃圾当千金
大献殷勤

再站高些
把雄鹰也踏入云层——
云层可能电闪雷鸣
世界也许政客纷纷……
此刻，只在脚下微微起尘

浓 雾

仿佛天已塌到了地面
星星们稀里糊涂做了路灯
行人
此刻模糊得像天上仙人
原来仙人、被崇拜的东西
都必须
模糊不清！

黑 夜

夜

黑得如此猖狂

以致我不愿开窗

怕它像墨汁一样流进来

染黑我的希望

希望是什么？

从古到今

没有一个长夜

能染黑朝阳！

白 云

不是飘逝的婚纱

亦非少女的心境

白云

那是上帝的餐巾纸

随便拿来抹一下嘴

立刻就变成了乌云……

我们在底下看得毫无办法！

浪 花

倘若激流邀请出马

在波涛里

只愿是浪花

哪怕仅是短暂的笑语喧哗

一瞬间的

高贵表达……

不会做泛起的沉渣

即便可以长久滞留在

水面水下

还有淤泥给的回扣拿……

拒绝它！

傍晚的思绪

别人带狗

我带思绪去散步

还向夕阳打了招呼

可惜落日如醉将睡

晚霞也收起了画布

宿鸟归飞走兽回

一切仿佛都在起身

拍了拍屁股……

难道一天就此算数？

行人的影子

一个个向黑夜投降

我之思绪仍在

向前踱步、踱步……

直到独步江湖！

蚊 子

夏天派蚊子来收税

仿佛受贿

天黑以后才来催

不免鬼鬼祟祟

成功

不怕失败

最终失败就不敢再来

赞美成功

那似俏新娘遮着头盖

博大的胸怀

让我扯满风帆

全速前进，快到将要损坏……

我那成功的新娘

已看到了天际的桅杆……

阴郁的天空啊

请打开缝隙

让阳光进来

把我们都刷上明亮的色彩！

骑士在天涯

勇者做骑士

让风云臣服胯下

山岭野花开

生命之美盛装莅临天涯

相顾无须言

我等已顾盼如诗，意境如画

随 想

1

欲求人情薄于脸

将为商贾去贫贱

勇气好似本钱

不能只有一点点……

苍穹倒扣如巨锅

尔曹闷在正中间

翻转须经年

江湖一鱼鳖

2

黑夜，仿佛扎紧的大袋

妄想包住一切

星光之锥

刺破坚胄

不可被泪水冲垮

不要为黑暗开花

把握黎明，起来

为你的生活再添数笔

要它如诗如画

佳人照片

那是光阴的围栏

青春的布告

永恒的桎梏

美丽如初的姑娘

被塑封在过去的年代

让人如何睡得着！

试用幻想召唤量子隧道……

一旦她能冲出镜框

来到现在

时光的巫婆会不会紧追上来

强迫她穿上衰老的外套——

扒都扒不下来

人生短暂，但苍天不老……

天有此不公

地也知道

却假装糊涂一块做同僚

我只能狠跺一脚

算是对大地的严重警告！

飞 翔

爱若飞去远方

我想抓住那翅膀

一起舞动飞翔

为了追赶太阳

可以放下尘世的担子

扔掉碎银几两

一路展翅飞翔……

思 恋

想你的时候在小屋

渴望我像大鸟凌空振翼

把谎言都击成粉末

只留下你——我唯一的硕果

之后，我暖暖地降落

紧抱住你的柔弱

把你变成鲜花千万朵……

我愿是你生长的土地如此肥沃

不让你离开

不让你凋落

脸 皮

脸皮厚

就不会轻易倒下

世界，瞬间就被你践踏！

原则裂开

只在刹那

人性会把它

修复得依然光滑

成熟宛如深山

经霜厚脸似山崖

也开梅花也傍霞

何惧风吹雨打！

厚颜用来回击无耻

羞颜可以留给佳话

恋 歌

柔云与我一样闲

恋着远山眉黛间

春鸟才罢弦

在下唱续篇：

天上白云棉花糖

地上有你甜模样……

相思如雨似芳草

缠绵相随被风撩

歇脚青山坡

甘愿为坐垫

晚霞美妙

只陪夕阳一起消

余非不肖

才高也为君倾倒！

大鸳鸯

从梦中飞出的大鸳鸯

只能轻轻挥动翅膀

现实太小了

容不下许多美丽的飞翔

早上电视新闻报道：有棵千年紫藤，花开若云蒸霞蔚。

千年紫藤

花开一如紫色瀑布

近看又似

紫色群蝶飞舞

千年流水不算数……

年华竟可如此挥霍

岁月啊，你在何处？

为何对她如此大度！

却让我等

在光阴的皮鞭下受苦

在紫藤面前

我们都是晚辈，称她奶奶

都是自我标榜

都是对强大基因的亵渎！

凡夫，该如何绽放

方能不再辜负？

英　雄

英雄之伟大

敢在世俗的铁轨上扳道岔

让满载错误

也间杂优秀的历史改道

秋　晨

秋蝉已被寒冷

捂住了口鼻

黎明前

黑夜又掏出刷子

补刷了两把黑漆……

但黎明，是希望的出口

呼号哪怕戴镣也要奔走

请核动力的太阳啊

核准朝霞做发言人——

如此优秀、这般锦绣！

煤 层

从煤层中我看到了

一层层被压塌的

希望、欲望和绝望

已成岁月沧桑、天地之玄黄

当我烧煤时

仿佛是把昨天和过去烧掉了

历史正在炉中化为灰烬……

禁不住回望

多少春花秋月、桃红柳绿

多少紫燕呢喃、黄莺出谷……

往昔繁华，皆成茫茫

此刻，该把我心定位何处

方能安详

方能把一切过往、谱成序章？

巡 航

当谎言在真理之前追上我

圆滑也在入侵生活

愿我还能在淳朴的大道上

万里巡航

从容拒绝一切诱惑！

暴雨欲来

无法的天，准备肆意妄为

恐怖，用大片黑云作广告

硬塞进惊悸的眼睛……

秋天啊，秋天

你终于挥出了秋雨的长鞭

暴打酷暑炎君

一下、两下……

无数不是终点

快乐莫计时间

秋 雨

秋雨绵绵

点上一支烟

秋风阵阵

随手抛把纸钱

这酷热的夏天，毁灭吧！

时光轮啊

愿以后只在春秋二季

卡住不转

美景长流连

圣 雪

在我灵魂的山脉上

耸立着西藏

那珠峰的圣雪

是人类的纯洁

寄放在天堂

笑 靥

除去一生

没有其他时间

除了你

无处可留恋

昨日已被历史吞下

今天又被长夜黑走

明天……

就对我笑一笑吧

你的笑靥

如花如梦如电

让我的生活从此不再肤浅

呐　喊

不信你的心灵已白发如霜

不得不拿掉

你开始上瘾的拐杖

试看风云如何际会：

天在打雷

那是横强

我若呐喊

必为诗章！

散　步

除了实话

我已无话可说

巧语如花

常开在权贵的树杈

穿过繁华到原野

那是辽远而寂寞的胸膛

我慢慢踱着步

仿佛是对大地轻轻地抚摸：

朴实无华不是罪过

朝 霞

你的话
像秋晨之霜
高洁而冷漠

无须争吵
你当然不会错
只是不该在朝霞绯红时
对我如此说

因为我已看到
虽然只有一个太阳
在天上，也干得朝气蓬勃

梦中灵感

不是黑色

不会与黑夜合伙

黑夜啊

莫要总拿昏睡来让人臣服

我在梦中也阳光鲜活

突来的灵感

不像中邪的巫婆

却有法力似药效发作……

该破未破的

就让我来打破!

再回首

那年花开

不愿被摘

几番矜持为情怀

来日放眼

梦想有翅飞虹彩……

黄金不怕埋

翡翠何必晒

老顽童

知道岁月珍贵

却每天看着夕阳西坠

醒悟红尘如灰

依然一直干到无悔

你这八十岁的老可爱

居然还扮淘气鬼

让我好生惭愧……

没有法力，不要醒来

含笑面对，不过是假摔与真醉

晨 跑

无烟煤，堆在黎明边上燃烧

天边，传来无声的号角

在微芒初照中昂首

在喷薄欲出前起跑

晨风，让你秀发飘飘……

露珠亲吻着脚踝

那是晶莹般的崇拜

敞开衣领

请把朝霞也纳入你的情怀

运气好时

你会在地平线上

捡到一枚大大的金币——

那正是初升的朝阳

上天的奖赏！

西望长天

晚霞，正在天边创作

平庸如我

也被洒满金黄——

重塑将枯之木

不许灰暗涂抹

不能一笔带过……

西望江河

诗，正被远方的夕阳点燃

水面上仿佛跳动着

浇不灭的三昧真火

啊……

快淬炼出理想的真与金吧

也顺带烧掉往昔的过和错

晚 霞

过去那些美好的日子
为什么找不到了？
难道，都被夕阳藏起来了吗？
珍藏着那么多好人的好日子
所以
夕阳打扮起晚霞来
满怀深情、情深不能自已……
直到壮丽改变天地！

我在晚风中含笑
一任身边逝水滔滔
回忆
像逝水中的涟漪
竟被霞光映得如此美丽！

谁会在余晖中自豪？
曾为祖国的天空
添过彩色的一笔——
或许有些淡，还有点细……
却是一生的努力！

路

走过了多少路啊

在江湖边上

夕阳已落到彼岸

我还在此岸徘徊……

晚霞出场时

无须说话

不用口吐莲花

就已盖过一切繁华！

是来度谁的？

霞光应该知道

我有许多缺点

却依然照耀着在下

仿佛，要让我完美无瑕

来到空锁着的旧时居所，会是怎样的心情？

旧 居

日月还在照耀

我却已老

星空依然璀璨

旧房骨立形销

室内爱痕宛然

光阴曾被宠坏

床椅等待坐拥……

试问窗外依依汉柳

记得多少往日欢笑？

不怨白发莫名来

朝霞啊——

请把一切变成号角

誓与岁月抢跑！

山 行

层层峰峦在前程

只站最高层

只看最美景与人

长路任我行

山间有广阔的升腾……

弯弯山路像面条

最终被我一气吞——

气吞万里如狼似虎！

或该陌上缓缓行

虎行似病

贵而不显作高深

但觉革命似开车，前进！

油门到底，革命到底……

那是战斗的青春！

星 光

夕阳西下

何妨露营柳岸滩头

卧看晓月如钩

今宵满天星斗

将归我所有

默默地许个心愿

也许会传遍整个宇宙……

在世俗眼里

我可能像星光那样暗淡……

那是因为你离得太远

若把星光源头细细究

正是颗炽热的伟大星球——

光明圆满

诸般皆能承受！

致 UFO

把空间随心折叠
将时间任意揉捏
从高维度窜出的 UFO
又极速消失在
岁月的皱纹里……

简直是在玩弄时空
物理定理碎了一地
这厮为何这般来去匆匆？
是有见不得人的 B 计划？
还是尊容古怪到无法认同？

午夜时在荒村
我自昂首举杯到虚空：
"何不下来喝一杯？"
相邀这装着氪金眼的
天外大虫
打不过的敌人，力争为友
扑不灭的三昧真火
必须留做火种！

窗台秋思

秋之萧瑟

是天地躺平的结果

茫然的思维

枉费了量子坍缩

忧郁山草野木

昼夜被风霜折磨

叶子无辜

却要遇秋而落

不要说已经错过

桃红之后荷花绽

菊残接梅开……

连日月都有起落

何况凡尘你我！

人人都有过梦想。比如，我曾幻想有朝一日，能拥有一个庞大的慈善基金，使我可以像天使那样普济天下。

梦 想

曾把梦想

秘藏在云端

此致即为誓

战袍已然加身

岂能由失败来脱

我在噩梦的世界里降落

刹那成为天使

冲向未知

挽戈止耻

杀伐为誓

拼抢未竟或成时……

愿如此打拼

不只为成全自我

拼搏加爱搏

挣得天地更辽阔

重戴红领巾

是按错了门铃

还是喝醉的岁月把他们

误放在

衰老的房间

仿佛，昨天还是少年

一转身

今日行将拄起拐杖

上苍，我没看过你的容颜

假如长得还像个人样

就不会这般毁灭：

把明眸皓齿弃铜铁

如花美眷作草嫌

……

暴 雨

受够了乌云的膨胀气

俄顷，暴雨咆哮而下

雨点，像密集的非精确制导

砸塌了蚁穴一角

泥浆水泡污了

多少美好的辞藻

乌云背后的夕阳

年事已高，喜欢唠叨：

"不怕更糟

任凭尔等闹……

须知上帝也在用美钞！"

眼见乌云散去气数尽

又把晚霞派来作推销

霞光中，西边的天空

仿佛更美好……

却不知，长夜如黑色的长刀

即将出鞘！

上海封城之时

春天

如此寂静的上海

早晨开窗

我倒吸了一口

没有任何汽车尾气的凉气

痛下决心

新冠正在横行

战鼓尚未鸣金

病毒、战争、可卡因……

把地球祸害得失眠、多动——

日夜转个不停

屏住呼吸

痛下决心

把地球

放到杀虫剂里浸一浸

也许会从此天下太平

大 江

品尝失败时
不必放糖
畅饮欢乐时
不要喝光

无须安慰，安慰是谎
任热泪夹带着真情流淌、流淌
哗哗地淌……
也从唐古拉山直流到东海——
愿你像长江……你就是大江！
冲破沟沟壑壑的要挟
卷走婆婆妈妈的零碎
迎接那挡不住的辉煌！

风 中

何必憔悴立风中

浊世即不堪

无须它认同

我有珍宝胜金玉

只在此心中

翼展如虹

势压东西南北风！

小 号

号角声中

一些将诞生

一些会灭亡

不要拿尺来度量

快让正义疯长……

当冲锋号吹响

邪被灭灯

恶被清场！

青春忏悔

昨夜梦见

青春在演讲：

我曾经懵懂犯糊

心动的

不敢开口打招呼

盈盈终作他人妇

几番扼腕在江湖

我曾经充满错误

让偷懒看守时间的金库

偷早晨、偷黄昏

一次次作案、一误再误……

有多少理想被扔在中途

它们在喊叫、哭泣、慢慢死去

胆怯的我此刻却像屠夫！

我曾经充满错误

竟然看不起

伟大的人情世故

多少次碰壁南墙
只因欠着一大堆脸皮债务

谎言作大旗
意志像破布
常随愚昧学跳舞
听闻难关心打鼓
远望雷池已却步

我在徘徊中痛苦
叹我总被自己饶恕
一个个借口
一种种窝囊
一片片灰心……
紧紧围上来
恨我不能像勇者那样愤怒!

不要说不行

不要说你已不行

眼角挂满伤心的泪水

他紧紧望着你

目光源源不断

这不似安慰

而是空中加油——

你无须去报废

只不过是燃料用尽！

似水流年

曾如鲜花开过

也为爱恨而活

在渐枯苍老的肌肤上

夕阳轻轻抚摸……

谁骑走了岁月的马

谁拿去了心中的花

窗帘正在缓缓拉上

忏悔还是无悔

任他斜月琢磨

荒原·破屋

荒原上有座小屋
如此破落
仿佛人类的旗帜
被鬼魂扛在肩上

不，我必须
进去送一点灯火
哪怕只是一小段蜡烛
也让黑夜
无法放肆涂抹

小烛火跳着最轻的舞
好像还在无声地吟诗
天涯破舍宿青年
沧海遗珠世有偏
凡物经得风雨砺
他年或比钻石坚

食草动物

太平洋不过一水洼

美洲狮喝水露獠牙

对面的兔子

愿分出一半胡萝卜

献给那厮（狮）

共叙"双赢"佳话

食肉动物岂吃素

尔等肉身即该诛！

地球丛林

真理在大炮

讲理便是输！

……

恨兔不是豹

咬断野狼嚎！

少年的伟大计划

藏着一个伟大的计划

说出来

地球不一定装得下

默默守护着

谁也别想撬开我的嘴巴

虽然我瘦小

可它把我的心胸

撑得如此广大!

有所思

睹兴亡莫嫌贫简

赏春花唯叹少闲

洗尽铅华无所剩

掏空锦囊用愁填

月下桥边

尾生为谁而淹?

仗义慈善

慷慨每恨无钱!

江湖纵横云和月

只为思与恋

雨天梦

梦里相问：

可否用雨洗清红尘？

答曰：能

但需好大的雨

清空欲望的晨

再用看不见的橡皮擦

抹去因果落下的痕……

碧空光皎洁

千般人牛俱已遁

水 雷

据说是穷人

泡在水里的战略武器

现实是

头角狰狞的魔鬼玩具

在浪里，探头探脑

恰似街角小混混

不讲武德，专等碰瓷

便宜，就是底气

冷不防，暴力捅刀子

生生扒下军舰贼贵的皮！

丈母娘

千百年来多少汉

几番败走娘子关

中国丈母娘

一直在当班

没有风控，莫谈金融

若无贤丈母

何来好东床

不识才子招愚夫

终被搬弄成笑谈

家财万贯

不如贤妇把关

房子和婚姻

结婚需要房子
房子不需要结婚
所以房子一直很高傲
价格贼贵，而且
站得笔直从不弯腰

醒醒吧
你这钢筋水泥的土包
我是让你遮风挡雨
最多不过扮靓唬人
跑跑龙套
你却喧宾要做主角
柴草要作才艺烧！

烤 鹅

利器只剩核大棒

不断瞎比画：

谁敢试撒旦

定把你变成放射性尘埃！

主厨秃鹰，不挥锅铲舞星链：

拱火吃烤鹅

斜眼看中华

萤火虫

打着小灯笼

萤火虫带我们重新

找到了童年

当年的祖国花朵

在六一节时曾与萤火虫分别

……

如今的我们

只有不堪的容颜

和不悔的昨天

萤火虫啊

请再次点亮

夏夜的诗篇

日 子

从前的日子
像不起眼的铜板
被廉价花掉了
那些虚掷的岁月
白花花地
流进了野史的沟壑……

从今往后
每一天都不再是闲日月
而是存在时光机里的
一枚枚金币——
是金色的回忆与收获
更愿是买舟来扬帆
在历史长河中激流勇进!

如花少年

少年，少年
曾在我的岁月里翩翩
一颗糖就可起舞
一束光照见的都是笑靥
跑啊，跳啊
跳着橡皮筋进入春天
裙摆如花
花儿哪有这般鲜艳！

渐觉课业千钧重
势压春心到梦中
懵懂情爱，羞于启齿
你这乱闯如小鹿颠
不许触碰我的底线……
翻开闲书，明明写着：
"如花美眷，似水流年……"

宿营随想

野外露营

正可点亮一盏黑夜明灯

亮耀昏暗，柔照夜读

幕天席地时

山河秀丽如列屏风

银河璀璨夺目千古……

如此江山应有何等襟怀

他乡日月正是故乡而来——

陪你跋山涉水

辉映着你的强颈硬颅：

日月所照，皆可埋骨

霜雪既降，不以为苦！

至此，方为人物

流 浪

西风凄凄

夜空茫茫

真情啊，别再为了伤心去流浪

来吧，台灯为你点亮

喝吧，我的咖啡放糖……

忘了告诉你真相：

你应会不同凡响

你本就举世无双

纵使佛陀暂灭

你的眼神还将放射毫光……

只要不放弃，

子弹在枪膛！

平 庸

庸者无为
几乎等于
没来过人间

没有色胆，从不包天
不求职场升迁
才升怒火当头灭
渐凉热血混岁月

自谓淡泊当自省：
欲弹心音琴曲
方知才华少根弦
唯有作为称贡献
不论大小只论虔
青史当记有此贤

夏令营

三十多年前
美好莫过佘山夏令营
如花如叶如此缠绵
一直开在我的虚拟世界
仿佛时间之金莲
永不凋谢

每当风雪之夜
回忆你们当初的身影笑脸
让我精神的炉火不断炽烈
林间松树应犹记：
我们"勤巧小队"烧开的
"彩霞满天"番茄蛋汤——
多么鲜美啊
一直成为我思绪的鸡汤

少年光阴藏不住
青春壁画如纸糊
曾经的小苗
已枝叶参天

愿有为的你们

都遂了当初的心愿

晚霞有情，我心无私却有偏：

偏偏想念当年纯真的容颜

滴水湖位于上海浦东，呈圆形，景色优美。

滴水湖之雾

滴水湖，这偌大的锅

能把天地熬成稀粥

雾里如梦中，金吾不禁

许多话可以大声说：

差异才有鲜活

一统的江湖如此雾

在拒绝对错！

中年失意去垂钓

犹记年少志偏高

升学登科越级跳

毕业亲手洗征衣

眼前充盈肥皂泡

誓把命运细脖掐

欲将同年脑后抛……

五花肉缠中年腰

事业秋风黄泛愁

垂钓北滩头

暮归南山丘

休，休

年华逝水皆难留

晨起渐觉痰扼喉

难道命运来复仇？

生　活

不是妖猫

何来九命？

你只活一次！

哪有彩排

都在直播

人生没有如果

榴花

拼得枝头红火

裙下有风波

幽兰

忍不住的宁静

学不会的淡泊

……

外行在胡说

内行不揭锅……

都是闾阎生活

A计划

黑夜，趴在窗外的大地上

正在吞噬，还带咀嚼

总也喂不饱……

台灯下智慧的光头

像厨房里的大锅

思绪被不断翻炒

一盘A计划火热上桌：

大胆如辣椒

美芹正堪调

当金鸡报晓，曙光初照

天边，朝霞的虹彩

将翻着怎样的云涛

啊……

晨风轻拂着

写在牛皮纸上的宏图大愿

哪怕牙关紧咬

也要努力吹响号角！

万泉河畔

清如本质之水啊

不忍濯足，且先洗头——

仿佛把灵魂

入水浆洗

河水清澈如故

似在三界之外……

感谢如斯关怀

替我隐恶去垢

或达金刚不坏

梦

梦如他生之广告

衰老边鼓心头敲

不想如此草草

我之美好远未到

从前懒读籍

从今不怨金鸡叫

晨起早读如造船

船名曰"号角"

不惧暗礁急流

哪怕恶浪狂涛

矢志永不抛锚！

金银·历史

一块金表

仿佛黄金雕刻的时间

分秒都似钱

却依然催老人脸

白银度我用镜鉴：

金银与历史

它们都沉甸甸

历史正在堆叠每一个昨天

最终

会把你我压成相片！

趁热还尚鲜

相恋的莫矜持

相依的珍惜眼前……

人 生

1

年少仰问天

老天是否看清吾之脸：

浓眉若剑拔

正有英气聚眉间……

上苍古来贤

何不相帮些？

让其有为作贡献

繁华终去也

量子塌陷

纵使有志青年

也挨岁月皮鞭

脸上沧桑望夕阳……

头低曾仰面

问道喝山泉

心如有悔

扼腕或为失红颜

2

今古不过一根藤

花开便是人生

姻缘授粉

因果枝头闹纷纷

生活如大厦

尔住第几层？

风景入眼

格局由此生

银河央央

震撼直入魂

元宇宙

吾之元宇宙

时间已成朋友

帮我弄虚作假

它会倾其所有

江山仿佛盆景后花园

帝王将相玩得溜

金银如山堆

美人大白腿

一遍遍温柔伺候

一声声天长地久……

无须明白，不要醒来

现实里分针秒针胜刀剑

杀戮不留活口！

平 庸

星光又把夜捅破

分分秒秒逃脱

时间在偷渡

光阴漏尽娑婆

闹钟曾报警

一把被摁住……

梦想若只在梦里说

妥妥把平庸

供成了活佛

三　生

前身有名奸雄

横槊赋诗赤壁中

今生无名英雄

问道不可道

说空何曾空

来世可做豪雄

不奏丝管繁弦

只撞大吕黄钟

轻财仗义

逐鹿当用霸王弓

问罪列强

下手不知轻重

偶　感

长恨光阴匆匆如逃

欲把岁月关在笼中

结果，它化成逝水滔滔

流速还暴表……

青春开成了明日黄花

生活还在绘画

请不要吝啬色彩！

勇敢承受高压吧

把黑炭似的平庸

变成钻石般的璀璨！

期 货

高买更高卖

阔步向前迈

小赢小败何足齿

摘下财神顶上冠

形态比人强

诸君莫解歪

砍仓保命，壁虎甩尾……

不经三番五次栽

世事洞察谁明白

兴废在人心

安康就靠财

自 由

可以心有所动，立刻付诸行动

可以随便晒天上的太阳

还可以无限到无耻地

接近鲜花

更有那种躺在恋人怀里的

撒娇，摇晃……再摇晃

直到揉碎他的寸寸柔肠

你无法揪住风的耳朵

让它小声说话

也拉不住岁月巨大的手

恳求它别再向前流浪

跟你回到童年玩耍……

自由，不是你想干啥就干啥

那是神才有的潇洒

真正自由了

你不想干啥

都无须请假

脾气有点大

蹉跎

曾经不灭的青春之火

那些珍贵的岁月

经我触摸

就变得如此平庸

被我挥霍

浪费成食堂饭桌……

心却默念：平凡可贵

最终咒化成

驴拉的石磨

一生只在原地蹉跎

晔红姐曾鼓励我努力写诗，深以为谢！

没有不可能

雪花

舞着彷徨的凄冷；

网线

连着未知与死生；

那时节

纠缠的量子

开始坍缩，开始崩塌……

"沉沦吧，沉沦……"

尘埃们呐喊着逼近；

迷茫的心

像很久不用的凳

布满灰尘

目光，被拉闸吹灯

古往今来

平庸活埋了

多少凡夫与人生

还找不到一丝冤魂！

云端忽有嫦娥之声传来：

"就算是命

也不能这样认！

你就应大名鼎鼎

你何妨与日俱升

去跑吧，快去飞奔……

没有什么不可能！"

于是，他试着拿起笔

果然，诗词让人闪闪发光……

开花不只牡丹

铁树也有可能！

有感于华为受到制裁三年后，发布突破性的手机 Mate 60 系列伟大产品，打破了西方之科技封锁。

制　裁

夕阳西下时

带走了晚霞

还随手拉上了

制裁似的夜幕……

只余孤独的我们

用发亮的双眼

去开启璀璨星空！

寻 找

年事渐高

总在寻找

去远郊

穿林海

过湖沼……

幻想借助大魔法

找回迷失在过去的青春

年年失望岁岁找

望眼欲穿未见妖……

但，却找到了春天

啊……我身不由己仰躺在

开满鲜花的原野上

将开始奄拉的脑袋

紧贴在春之沃土上：

"也给我第二春吧

让我重发儿时芽

再开少年花……"

新冠大暴发

朋友们一个个阳了

敌人越逼越近

病毒那厮已突破滩头

攻到床头

试图看我瑟瑟发抖

还想让我像只老鼠

逃入阴沟……

我站起来拍了拍衣袖

戴上口罩

闷声一大吼

迎着空气去战斗！

陌上荒坟

无人来看你

唯有白鹭偶来暂栖

春风依然吹过

你早已停了呼吸

田野如此美丽

却没了你的足迹……

假如亲人都无此记忆

你死守着

最后的一平方米

还有啥意义

生命本是过程

你若壮丽

到哪都可以带着骄傲与脾气

如果庸庸

莫怪无人辞吐仗义

现代诗

散步，看到秋日银杏树超美，不由感叹，遂赋诗明志。

秋日银杏

人生涂色不涂黑，

成功莫如银杏美。

白果枝头惠大众，

金叶满身称富贵。

横道线

行走江湖多少年，

黑白两道莫视闲。

人生至此知进退，

骄横车马挡两边。

床

知冷知热知肥瘦，

梦也缠人未肯休。

纷纷红尘扑面来，

但能起床不用愁。

梦中忽得一女儿，可爱至极，旋取名曰"心梅"……及梦醒，怅然若失。

心 梅

胸有猛虎也当爹，
世无梅花失至洁。
翡翠不求金徒贵，
愿得心梅作心贴。

玉 梅

雪埋浊世变瑶台，
又见琼枝别样栽。
花颜比玉玉有瑕，
芬芳至美美人来。

舌 头

柔胜薄唇滑胜油，
不声不响似含愁。
是非出口祸乱丢，
舌剑飞丢斩人头。

曾经的爱

日月恋于天，

昼夜是关隘。

不顾高山拦，

江河私奔海。

相亲天地聚成团，

盘古一斧来劈开。

牛郎织女欲牵手，

王母可曾宴瑶台？

油菜花（古体）

色用贵金黄，

娇撒软天香。

漫摇舞蜂蝶，

终不为轻狂。

贫随花海尽，

富成油脂藏。

但为民生赴榨坊，

不作野草闲花浪。

境·油菜花海

醉眼看花花不睬，
一入花海被拥戴。
境不由心换风景，
风声若巧称天籁。

春

春水微皱美湘裙，
千红夺目蝶也晕。
江山犹似少年归，
燕舞蜂飞总不停。

人　生

光阴如花飘零久，
年少似玉不曾留。
且向天公更伸手，
再借日月写春秋。

听闻科学研究表明，人的意识与灵魂是量子纠缠的结果。因果不虚，魂魄永存。

量子与灵魂

闻听量子遍宇宙，

他生纠缠此生愁。

但存真情凝眸处，

任他山河有春秋。

闻 笛

一曲横笛为谁痴，

东风不护暮春时。

悠悠心花婉转落，

清音送得几人知。

品 画

笔下清枝堪栖凤，

溪边遥山隐跨龙。

紫气青嶂来仙梦，

逢君更有花不同。

富春山居图

烟霞淡入江，

秋水玉肌凉。

风花深岩岫，

雪夜浅醉香。

怀此珠玉质，

当有锦绣章。

公望映仙名，

一纸揽尽苍。

看郭璐老师在湘乡小学课堂讲课，优雅从容，深受学生欢迎。

湘乡课堂

明师优雅似芳丛，

一道难题降碧空。

孺子小手接大招，

或许他日也泽东？

生辰星

摘下相思梦里星，

只和君等共光明。

献此真星佩湘裙，

花开生辰乐开心。

忆 2021 年春湖南湘乡助学摩旅

骁腾重机低调龙，

平淡人生激情冲。

赵君开道山也躲，

郭兄猛志冠群雄。

两不相谢捐与受，

一生随缘步从容。

小倪小潘药别停，

诸君慷慨为学童。

毛主席有言："打得一拳开，免得百拳来。"

上甘岭

自此岭上聚忠魂，

东风吹散喊杀声。

一拳打开新境界，

春花掩映旧弹痕。

疫　情

唯有长夜不见灯，

细如微尘也杀人。

得意新冠作妖行，

口罩挡住呐喊声。

钟表店

时针不待我流连，
分秒杀伐光阴剑。
俯身回拨旧钟表，
要它拖慢每一天。

淡　泊

转头朱颜成皓首，
顾盼风流被墓收。
春花不如心花放，
秋月无官也高寿。

兴　亡

日月搬兴废，
鸦嘴弄是非。
凌烟阁上图，
不如陈抟睡。

忍 耐

勾践尝胆柴草间，
仲达流涎卧榻前。
成功过半是用忍，
刘邦分羹定大千。

不甘之心

时空映我心，
烛火照攀登。
猛志出于枰，
心关已破城。
恩怨终须了，
哪怕江湖深。
星辰与大海，
——将远征！

回 忆

当初与当年

错过美姻缘

高高昆仑山

从此常下雪

千秋江上月

含泪变圆缺

梦为女娲奋补天

通灵宝玉已备全

难种是心田

谁能补心缺！

上甘岭

巅峰对决起风雷，

美帝打成废铁堆。

堆心竟是纸老虎，

一点就着烧成灰。

长津湖

男儿自当从军行，
衣单也抗厚坚冰。
朝阳每从东边出，
日落西方天注定。

端午看屈原

廿四节气含忠烈，
取义舍身做到巅。
竞渡中流桨击浪，
粽为屈子饲鱼鳖。

雪中松

君有雄心傲日月，
我辈岂能随残雪。
春风终过玉门关，
仗势寒流休狂烈！

观隐士山水图

金梭银梭两勒索，

年华似茧被盘剥。

若借仙家光银富，

染尽春秋非笔墨。

当　初

悔在当初四月天，

有花未献误华年。

愿得魔法赫然回，

更向月老借姻缘。

某青年朋友年过三十，在上海有房有车，但迄今无妻室，写诗慰之。

感　怀

红尘有片瓦，

四海无归家。

男儿终将立，

美眷秀灯下。

夜 雪

殷勤白雪三更秀，
世子诸君俱觥筹。
拿来宏图佐醉酒，
往日当柴烧尽羞。

石渠县

石渠白菌称至鲜，
绿草蓝天牛羊闲。
秀色迷倒天涯客，
索性在此做神仙。

2022 年大年初一，在比赛中，中国男足输给了越南。初四，中国女足击败日本晋级决赛。

中国足球

1

A 股男足两纨绔，
千般宠爱被辜负。
谁让霉运盘桓久，
大年初一也要输。

马君是女足队员，有次当众秀六块腹肌。

2

须眉失足谁能救？

巾帼抹去中华羞。

马君姑娘秀腹肌，

白胖男足算个球！

据说，男足那些老爷球员，每天要吃海参来进补。

男 足

空心萝卜泄气球，

补完海参依然漏。

肥钱养得新膏粱，

软骨犹胜旧阿斗。

忆王孙·惊觉

岭上梅欺千秋雪，

浮云也挡关山月。

三更将尽道明灭。

披衣起，

悟到盈虚或称觉。

忆王孙·中国冰上健儿队

快过流星天上羞，

美至繁花舞风流。

不怕邻国恶心咒：

加油干！

少年为国去封侯。

山坡羊·孙权故里

打鱼秋江，

落日柴桑，

仲谋故里茶已凉。

龙门镇，积善堂。

层层老宅深深巷，

弯弯溪流浅浅唱。

兴，梦飞扬；

亡，梦一场。

浣溪沙·离别

红蓼滩头数折柳，
白蘋渡口送君瘦，
迭声再挽已去舟。

鸿雁休传无情书，
相思化雨淋他透，
伤心话含杜鹃口。

春到秀江山

雨打青山唤春醒，
笋破埋压日日新。
江山犹似少年归，
燕舞蜂鸣总不停。

国画大师张大千，曾极力追求 15 岁美少女徐雯波为妾，而徐雯波实为张氏小女儿之闺蜜。最后两人相守三十年，直到张大千 83 岁离世，雯波为之送终。

南乡子·张大千

食色不能忘，
子曰诗云站两旁。
夫子白须追新欢，
娇娘，
更比画中仕女靓。

泼墨造玄黄，
大师真我旗帜扬。
寡人有疾称好色，
放浪，
世俗焉能将我框。

浣溪沙·观舞

天让相思扮美人，
依花随月到纯真，
翩翩绅士若男神。

裁下柔云作罗衣，
舞到情河随爱沉，
浪漫邀我共此生。

帝王之寿

君临华夏五千年，
光阴只在寸尺间。
欲求每爆荒淫表，
江山轻作鸿毛颠。.

人　生

东墙才补西屋漏，

皮囊哪堪岁月揉。

试问盈虚谁作主，

妄向人间求仙舟。

赞 CB1100 机车

美感机械铁作魂，

细工巧琢金刚身。

龙吟声浪起思恋，

一路追花过红尘。

大手笔

北海蓄墨作砚池，

笔用南天大鹏翅。

宏图铺出梦境外，

招凤重画梧桐枝。

人间三月

莺飞柳林休成凤，
鱼游春水莫化龙。
三月花开天也羡，
且留红尘沐东风。

踏莎行·生石灰

之前不黑，
之后更白。
人生当似生石灰。
越泼冷水越热沸，
粉墙修竹田园归。

生而强硬，
逝去绵柔。
粉身碎骨不惜留。
庙堂民舍赖饰修，
庭院幽幽淡抹愁。

孟子曰："君子之泽五世而斩，小人之泽五世而斩。"

传 世

何以传世足千秋，

一笔能消万古愁。

暴富金银止三代，

徒有儿孙接坟头。

骄阳不照钱山险，

五湖金钩钓贪求。

但存书香飘玉宇，

留与文章胜公侯。

淀山湖边暮春

风波难挡江湖舟，

白发不饶岁月头。

纵有岸柳环湖缠，

依旧春尽落红休。

回 忆

离别曾饮桂花酒，
长忆红颜欲语羞。
此生不折明媚枝，
枉在天地数春秋。

落日沉思

叹气吹落夕阳红，
心事压折许多松。
为报君等不负意，
又托深思两腮重。

戏题掌中小西瓜

掌中有瓜翡翠鲜，
疑是尝来变少年。
蹒跚步履龙钟态，
吃瓜得道抛一边。

游 子

缓缓不觉天洞开，
他乡日月又登台。
白发数去忘甲子，
唯见梁燕几度来。

长沙商务谈判

酒肉征逐战长沙，
世间嘴脸灿于画。
湘水滔滔流不尽，
人情滚滚大过法。

棠棣之饮

青青松下饮，
痴品我兄茶。
夏雨频举杯，
挽住天边霞。

在中国开的美国山姆连锁店，造谣中伤中国新疆。

山姆店

无端中伤毁我疆，

有钱山姆无耻扬。

寄语国人莫助纣，

苦果要它带血尝。

贵州化屋村，前有乌江横拦，后有悬崖阻断，村民为生存奋斗三十年，开山引水，终于可以吃上自种的水稻。

化屋村

乌江水远险崖狞，

阴阳造化两弄人。

擒来水龙始得稻，

打破囚牢为图存。

鱼木寨

鸡鸣天上翠峰寒，

缘木求鱼不破关。

避险金银光脚来，

世外方寸从未乱。

常闻有爱好极限运动者，因极限运动而殇。

极限运动

常在险中求，

终被无常收。

野魄朝天裂，

枭魂绕地球。

但求生壮丽，

不为俗志忧。

与沈梁兄秋日相逢田垄咖啡馆。

南乡子·秋逢

午后咖啡茶，

逢君高谈田垄家。

江流暂缓为倾听，

天下，

才子声振粉黛瓦。

稻熟羞人夸，

好大喜功瓜棚架。

曾记前贤倚修竹，

无价，

兰亭故纸净俗牙。

香菱与夏金桂

貌美如花天也妒，

貌不如花天生醋。

精华难掩薄命愁，

宫斗情杀皆为输。

谈判桌

为避灶火打成桌，
谁知唇枪舌剑多。
义正词严拍击猛，
理屈词穷掀翻我。
事无繁杂飞唾沫，
寸土也要争死活。
摊上大事兼难事，
老夫该往何处躲？